LETTRES

DE LIVRY.

Genève. — Imprimerie A. L. Vignier.

LETTRES

DE LIVRY,

OU

MME DE SÉVIGNÉ,

JUGE

D'OUTRE-RIDICULE.

... « Vous vous souvenez peut-être assez de moi pour savoir à quel point je suis blessée des méchans styles ; j'ai quelque lumière pour les bons, et personne n'est plus touchée que moi des charmes de l'éloquence. »

(Mme de Sévigné.)

« Ce style figuré, dont on fait vanité,
Sort du bon caractère et de la vérité ;
Ce n'est que jeux de mots, qu'affectation pure,
Et ce n'est point ainsi que parle la nature. »

(Molière.)

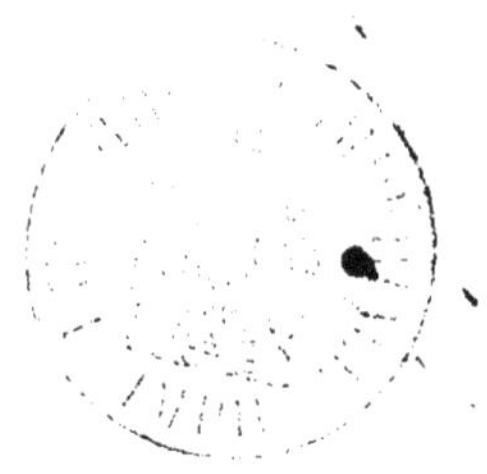

Paris,

ABRAHAM CHERBULIEZ ET Ce, LIBRAIRES,

RUE SAINT-ANDRÉ DES-ARTS, N° 68.

Genève,

MÊME MAISON DE COMMERCE.

1835

AVIS.

Quelques peines qu'on se soit données pour découvrir la date de ces lettres, on n'a pu y parvenir. Ce qui prouve qu'elles ne sauraient remonter au-delà de 1687, c'est que dans la lettre XIII il est question de l'oraison funèbre du grand Condé par Bossuet; or il est de fait que ce prince mourut en 1687.

Quant aux réponses, il est plus que probable qu'elles ont été sacrifiées.

LETTRES
DE LIVRY.

LETTRE I.

MADAME DE SÉVIGNÉ A MADAME DE GRIGNAN.

Voilà qui est dit, ma fille, j'y consens : pour satisfaire votre curiosité et amuser votre paresse, je vous enverrai, à fur et à mesure qu'ils paraîtront, des extraits de tous ces ouvrages nouveaux et si bizarres qui nous poursuivent : vous jugerez des pensées et du style, et par cela même des auteurs. M. de Pomponne en prit l'autre jour un hoquet à force de rire ; nous crûmes le perdre pour ce chien de livre. Je me fais aider par Mme de Lafayette, quand sa santé le lui permet, et par la bonne d'Escars ; mais sur celle-ci j'y compte peu : elle a tant d'autres occupations! Mme de Saint-Géran et Mme de Lavardin m'en ont promis aussi; j'y compte encore moins; cependant nous verrons. Pour ce qui est de Mme de Coulanges, je ne lui en ai point parlé : son bon mot dit, elle se croirait suffisamment acquittée.

Mais, ma chère belle, je crains bien d'avoir d'autres soucis plus graves, des occupations plus sérieuses que ces extraits. La politique est en ce moment une grande pierre d'achoppement, surtout pour Corbinelli; jamais il ne s'est bien remis dans ses sentimens de vénération pour le roi, depuis ce maudit voyage en Hollande, il y a quinze ans.

Desfougerais [1] est mort; j'ai loué sa mule pour apporter les ouvrages nouveaux, et Fagon [2], à qui je le dis, trouva plaisant de m'offrir la sienne, quand celle de Desfougerais serait fatiguée. Je m'en vais m'enterrer avec mon fils et Corbinelli dans la délicieuse solitude de Livry, et ces messieurs m'aideront, j'espère, à copier les endroits que je leur indiquerai. Adieu, ma très-chère comtesse.

[1] Un des médecins que Molière a eu en vue dans son *Malade imaginaire*.

[2] Premier médecin du roi.

LETTRE II.

A LA MÊME.

Me voici à Livry où j'ai amené Corbinelli et Guilleragues. Je pensais qu'on profiterait de ces charmantes promenades, qu'on jouirait avec délices de ces beaux jours, de cette belle verdure et de ces soirées incomparables. Jusqu'ici l'on s'est disputé à outrance sur la tyrannie et la liberté. Les exemples que, de part et d'autre, on tira de la poussière des siècles, sont légion. Chacun amena comme auxiliaire ce qu'il trouva de mieux sous la main, soit pour appuyer le despotisme, soit pour faire valoir la démocratie. Guilleragues, qui vient d'obtenir du roi ce qu'il désire, soutenait mordicus que le despotisme est bon. Corbinelli, tout nourri de Tite-Live et de Tacite, a horreur de ce qui est absolu;

il n'en peut souffrir l'idée. *Vous préconisez le despotisme, l'arbitraire, M. de Guilleragues, vous le préconisez!* Et là-dessus il pose ses lunettes, se dresse sur ses pieds comme un héron, et s'écrie dans un saint transport : *Moi, je l'ai en aversion, M. de Guilleragues, je l'ai en abomination; je voudrais que jamais il n'y eût eu de rois.—Et moi,* repart Guilleragues à tue-tête, *je voudrais, M. de Corbinelli, que jamais il n'y eût eu de peuples.—Et sur quoi donc, je vous en supplie, auraient régné, dominé et décimé les rois,* réplique Corbinelli en croisant les bras avec le calme de la fureur? *Vous avez tous deux raison,* interrompt mon fils; *ni les uns ni les autres ne valent le diable,* et là-dessus les armant chacun d'un bougeoir qu'ils acceptent machinalement, et dont la flamme leur brûle presque le bout du nez, il les pousse hors de la chambre. Mais Corbinelli ne se tient pas pour battu; il va chercher des alliés chez les Grecs, et rentre soutenu de trois cents Spartiates qui avaient combattu aux Thermopyles. De son côté, Guilleragues reparaît dans les airs comme un enchanteur monté sur son hippogriffe. Il est à cheval sur la pragmatique sanction et sur la bulle d'or; les parchemins découlent de ses lèvres; ses mains regorgent de documens et d'archives de la chambre impériale de Worms, Spire et Wetzlar, quels noms! Nous le crûmes un moment affublé de l'énorme manteau de Charlemagne, qu'à peine deux bœufs traîneraient d'Aix-la-Chapelle à Paris, et qu'il nous vante comme un bijou, comme le premier instrument du bonheur du genre humain. Avec trois ou quatre argumens *ad hominem*, Corbinelli le rembarre à plaisir. Ils s'en vont fort mécontens l'un de l'autre, et surtout de n'avoir pu se faire entendre, et qu'au bout de deux heures de cris, de confusion et de malentendus, on leur ait coupé la parole. La nuit apporte conseil. Ce matin ils ont déjeûné ensemble de fort bon appétit et intelligence; ils ont ri de ce qui s'était passé la veille; ils n'ont pu croire qu'ils aient fait tant de bruit.

Que de sornettes, ma pauvre enfant! mais quand on commence à conter, on conterait le monde. Voilà la plus grande aventure qui ait troublé le silence et la profonde tranquillité de cette aimable solitude où rien ne manquerait *si*...... sur ce mot lacédémonien, je vous laisse.

PS. Dès demain je jetterai un coup-d'œil sur les livres apportés par les mules. Je me garderai bien de vous parler de tous, je n'en lirai pas la moitié. Les auteurs nouveaux foisonnent; ils s'imitent les uns les autres; il ne faut s'enquérir que des chefs de file. J'ai ouï dire que plusieurs se croient obligés de pleurer et gémir à tout propos, et la troupe d'imitateurs de sangloter et de hurler pour le mieux contrefaire; d'autres ne parlent que de loups, de monstres et d'esprits; d'autres vont chercher dans l'histoire les récits de meurtres et de crimes de tout genre; les plus épouvantables sont les plus beaux. Enfin, tout cela n'est que du noir broyé de diverses manières, ce qui n'empêche pas ces jeunes auteurs de se bien divertir. Je suis décidée à ne me laisser attendrir ni effrayer par leur désespoir de commande et leurs extravagantes horreurs; mais si je puis me distraire un moment de ma tristesse, vous savez laquelle, et de mon malheur de tous les jours, je leur en serai, à coup sûr, très-obligée.

LETTRE III.

A LA MÊME.

Avant de venir m'établir ici, j'ai été voir M. de Sainte-Beuve [1]; je lui devais de la reconnaissance pour les bons conseils qu'il me donna jadis dans l'affaire de la Marans. Je le trouvai les mains jointes; quand il me vit, il s'empoigna la tête et me dit: « Madame, vous connaissez tous mes chagrins; j'ai « un neveu qui fait des romans, et quels romans! » En même temps il me poussa un livre que je connaissais déjà; il s'appelle *Volupté*, et c'est de celui-là même que je voulais vous envoyer des extraits. « Vous « avez bien voulu, reprit-il, recourir à moi pour des « directions de conscience, je vous en demande à mon

[1] Voir note 1re.

« tour. Que faire de ce jeune homme? *car il n'est* « *pas permis d'écrire ainsi*. Heureusement les mœurs « ne sont pas directement offensées; mais n'est-ce « donc rien que de blesser le bon goût, et à ce point? « J'ai quelque idée de substituer le peu que j'ai à lui « laisser; franchement je serais fâché de voir dissi- « per en romans le fruit de mes *consultations*. Je « crois, en vérité, devoir le dénoncer à l'académie; « c'est la punition qui lui ira le mieux. » Il s'est tû. Je me suis bien gardée d'ajouter à son chagrin en disant que ce bizarre ouvrage se vend bien. S'il le savait, il se retirerait à la Trappe, et nous voulons le conserver parmi nous. *De grâce*, Madame, *jugez vous-même*, dit-il; et il me lut, d'un bon ton, le portrait d'une religieuse que je vous transcris sur l'original. « C'était une personne de vraie dévotion, « d'une soixantaine d'années approchant, petite de « taille, ridée, jaunie, macérée de visage, mais avec « je ne sais quel éclair de l'aurore inaltérable, une « de ces créatures dont la chair contrite s'est faite de « bonne heure à l'image du crucifié, et qu'un reflet « du glorieux suaire illumine au front dans l'ombre, « comme une des saintes femmes au sépulcre. Heu- « reuses les âmes qui passent ici-bas de la sorte sous « un rayon voilé, et chez qui l'amoureux sourire « intérieur anime toujours et ne dissipe jamais le « perpétuel nuage! Sa figure avait bien quelque cho- « se du tour altier de son neveu, mais corrigé par « une douceur de chaque moment, et la noblesse « subsistante de ses manières se confondait avec son « humilité de servante de Dieu, pour familiariser

« tout d'abord, et mettre à l'aise en sa présence. »

Peut-on, en effet, quelque chose de plus fou! *un visage macéré* avec *un éclair d'aurore inaltérable*, une créature dont la *chair est contrite*, et puis un *suaire qui illumine, un amoureux sourire intérieur qui ne dissipe jamais le perpétuel nuage!* J'avais envie de pouffer; mais la politesse, et plus encore l'affliction de l'excellent homme me retinrent. J'eus même l'air attristé, je crois. Pour le consoler, je lui contai que j'avais ouï dire à mon fils, qu'à tout prendre ce livre était moral, parfait pour des dévots, et que l'ayant voulu lire à cause du titre, il l'avait laissé, le trouvant peu de son goût. « Il est « vrai, Madame, répondit-il, c'est un livre très-grave; « mon neveu, sans m'avouer son projet, vint un « jour chercher dans ma bibliothèque plusieurs vo- « lumes des Pères de l'Eglise et Thomas à Kempis. « Certes j'étais loin de soupçonner l'usage qu'il en « prétendait faire. Son ouvrage me désole; je n'en « comprends pas la moitié et désapprouve presque « tout ce qui me paraît clair. Comment trouvez- « vous, par exemple, cet endroit sur la voix d'une « jeune personne », et en me le lisant, un rire involontaire le saisit: « Sa voix redoublant de douceur « dans sa simplicité, avait acquis, même sur les tons « très-bas, un son liquide continu. »

Un son liquide continu! m'écriai-je. Pour le coup, je ne sais non plus ce que votre neveu nous a voulu dire. Ce style est affligeant, mais du moins il tournera peu de têtes. — « Comment, Madame, peu de « têtes, il y a de quoi devenir fou seulement d'un

« pareil jargon. Je n'en puis plus d'un demi-volume; « je n'ai pu empêcher l'impression : le mal est fait. »

Je voulus briser là-dessus et le ramener à la Marans; impossible. L'oncle ne pouvait parler que de son neveu. « Ce n'est pas tout, Madame, j'ai découvert que ce malheureux a déjà publié plusieurs « volumes de poésies plus galimatias encore que sa « prose : dans la retraite où je vis, je n'apprends les « choses que long-temps après coup. L'un, au moins, « ne porte pas son nom ; il l'a fait paraître sous celui « d'un nommé Joseph Delorme, et ce n'est que par « hasard que j'ai su qu'il était de lui. » Ma fille, le croiriez-vous, ce recueil est encore plus étrange que *Volupté*.

On y parle d'un dimanche où tout est jaune, parce qu'il fait du soleil; les visages, l'église, l'air, tout l'est : c'est une *jaunisse générale*. Un jour, chez Mme de Lavardin, le comte de Grammont lut cette folie; nous en rîmes à pleurer sans nous douter qu'au même instant peut-être M. de Sainte-Beuve pleurait tout de bon dans sa retraite. Je me gardai bien de lui conter ce fait. Il me remit encore un petit volume joliment imprimé : « Voici, Madame, un autre péché « capital, et celui-là n'est pas anonyme; il se nomme « *Consolations*, et je n'y trouve que des raisons de « m'affliger. Je ne sais comment cette manie de rimer finira, la prose vaut mieux, quelque mau« vaise qu'elle soit. « — « Qui sait, Monsieur, lui « dis-je, si dans peu d'années ce jeune homme ne « vous donnera pas de grands sujets de satisfaction ; « son style deviendra plus clair si sa piété est sincère;

« l'amour de Dieu éclaircit merveilleusement l'es-« prit quand il est de bon aloi. D'ailleurs, Monsieur « Sainte-Beuve n'est-il pas auteur d'un livre dont le « but est, après tout, louable, puisqu'il prétend que « les Français n'avaient nul besoin des Grecs et des « Romains pour se créer une belle littérature. » (Cet ouvrage, ma fille, je ne l'ai pas lu, j'en conviens, mais on le dit bien fait et plein de citations curieuses : le jeune homme est certainement studieux et point malhonnête). — « Vous êtes bien bonne, Ma-« dame, poursuivit-il, de chercher à me consoler « de la sorte; mais j'avoue que je ne puis me réjouir « beaucoup des recherches de mon neveu : elles ten-« dent à établir que Ronsard est supérieur à Corneille « et à Boileau; je ne saurais me ranger à pareil avis. » — « Certes, ni moi non plus, dis-je : » à ce mot, me saisissant la main, et me regardant affectueusement : « Je suis bien aise, Madame, de vous voir cette fois si « orthodoxe; sans doute vous vous souvenez de votre « opinion sur Pradon et Racine, et combien vous « vous en êtes repentie. » J'éclatai de rire et convins qu'il avait raison de me reprocher cette hérésie; mais qu'au moins ce n'avait été qu'un péché véniel. « Me conseillez-vous, Madame, reprit-il, de confé-« rer ou non de cette affaire avec quelqu'un des « Quarante, avant de m'adresser à ce respectable « corps? » — « Eh! Monsieur, de grâce, ne persé-« cutez pas votre neveu, il se croira martyr, et fera « cent fois pis; gardez le silence, croyez-moi. Ne « vous plaignez même pas; prêtez-lui de bons livres, « et laissez faire au temps. J'en ai usé ainsi avec

« mon fils et m'en suis trouvée à merveille. »

Sainte-Beuve se rendit à mon avis; je le laissai plus calme. N'ai-je pas eu raison, ma belle? Pourquoi vouloir empêcher les gens de faire de méchans livres, s'ils n'attaquent ni les mœurs ni le roi; ils font vivre les libraires; le public peut en faire justice ou s'en divertir à volonté :

. . . . Ainsi qu'en sots auteurs,
Notre siècle est fertile en sots admirateurs.

Ce récit vous servira d'extrait en forme sur l'auteur en question : on assurait, quand j'ai quitté Paris, qu'il allait devenir à la mode; c'est pourquoi je vous en ai parlé. J'ai à double son roman de *Volupté*, car Sévigné le jeta sur ma table, il y a quelque temps, me disant qu'il n'en voulait plus. Si vous le désirez, je vous l'enverrai. J'en ai lu quelques pages avec curiosité et un certain plaisir : au bout de la première, on commence à comprendre qu'on a lu du français, et puis ça s'éclaircit un peu, et qui sait si je ne verrai pas une *aurore inaltérable* à la fin du premier tome?... J'espère du moins ne pas m'attendrir au point d'en avoir un *son de voix liquide;* car c'est à force de *larmes épanchées au-dedans* que cette pauvre enfant en était venue là.

Adieu, ma très-chère belle, j'aurais encore à vous parler de M. de Balzac; mais, pour cette fois, c'est bien assez.

LETTRE IV.

A LA MÊME.

Il me semble, ma fille, que je ne vous ai pas assez remerciée de tout ce que vous me dites d'aimable et de tendre dans votre lettre du 14. Ah! que j'aime la pensée qui la termine, que je la trouve profondément vraie et juste, bien digne de toute votre tendresse pour moi, et telle que je l'aurais eue à votre place : *Il n'y a que deux êtres dans l'univers avec lesquels on n'a jamais besoin de feindre, Dieu et une mère*. Oui, je crois que, sans profanation, on peut les comparer sur ce point. Il y aurait bien à disputer un peu pour savoir si l'on ne ferait pas bien d'y joindre encore l'*époux* et l'*enfant*, surtout je ne me rends point sur le dernier, si c'est une *fille;* quant à l'*époux*, tout calcul fait, et en rendant *honneur à tout seigneur*, je me persuade que votre opinion pourrait peut-être finir par demeurer la seule canonique.

Je vous ai dit, ma chère comtesse, combien M. de Sainte-Beuve était mécontent de son neveu. M. de Balzac [1] (de l'académie) ne l'est guère moins d'un sien fils naturel à qui il fait une pension à condition qu'il soit sage (qu'il le soit surtout plus que lui-même ne l'a été). Figurez-vous que son fils a eu même l'audace de porter un manuscrit aux Elzeviers, qui l'ont rembarré durement, et, en lui renvoyant son ouvrage, lui ont écrit une lettre telle qu'il convient à de grands libraires d'en écrire à de petits auteurs. « Monsieur, lui ont-ils dit, nos presses seront tou- « jours ouvertes à M. votre père; ses écrits, quoique « un peu roides, parfois sont beaux et peuvent ser- « vir de modèle; ses formes un peu sèches sont du « moins du français. Plût à Dieu qu'on en pût dire « autant des vôtres! mais par vos tours et vos ex- « pressions vous détruisez la langue autant que vo- « tre respectable père l'a élevée. » Ma fille, ceci est d'original, vous pouvez y compter.

Loin de se décourager de ce refus, il continue à jeter ses romans au moule; il fait des *Scènes de la vie privée* par douzaines, qui ressemblent à la nôtre comme à celle du grand Turc dans son sérail. Pour juger, en voici un exemple: il s'agit d'une fille laide, boiteuse, bossue et de ses sentimens. Voici les détails du visage: « Son front très-bombé, étroit des tem- « pes, était jaunâtre; mais sous ce front scintillaient

[1] Voir note 2.

« deux yeux noirs qui jetaient des flammes. Le trait « qui donnait le plus de distinction à cette figure « mâle, était un nez courbé comme le bec d'un ai- « gle, et qui trop bombé vers le milieu, semblait « intérieurement mal conformé; mais il y résidait « une finesse indescriptible, et la cloison des narines « en était si mince, que sa transparence permettait « à la lumière de la rougir fortement. Les sinuosi- « tés de la bouche, dont les lèvres un peu larges « étaient très-plissées, décelaient la fierté qu'inspire « une haute naissance et une bonté naturelle agran- « die par un constant bonheur et polie par l'éduca- « tion. »

En dépit de ce visage elle plaisait à un homme distingué.

« Pour une jeune fille contrefaite et boiteuse, un « amour inspiré à un homme jeune et bien fait, com- « portait de si grandes séductions, qu'il consentit à « se laisser courtiser.

« Ne faudrait-il pas un livre entier pour bien pein- « dre l'amour d'une jeune fille humblement soumi- « se à l'opinion qui la proclame laide, tandis qu'elle « sent en elle le charme irrésistible que produisent les « sentimens vrais? Ce sont de féroces jalousies à l'as- « pect du bonheur, de cruelles velléités de vengean- « ce contre la rivale qui vole un regard; enfin, des « émotions, des terreurs inconnues à la plupart des « femmes, et qui alors perdraient à n'être qu'indi- « quées. Le doute si dramatique en amour serait le « secret de cette analyse essentiellement minutieuse, « où certaines âmes retrouveraient la poésie perdue,

« mais non pas oubliée, de leurs premiers troubles; « ces exaltations sublimes au fond du cœur, et dont « le visage ne dit rien; cette crainte de n'être pas « compris, et ces joies illimitées de l'avoir été; ces « hésitations magnétiques et ces projections flui- « des qui donnent aux yeux des nuances infinies; ces « suicides irrésolus, causés par un mot, suivis de « mélancolies profondes et que dissipe une intona- « tion de voix aussi étendue que le sentiment dont « elle révèle la persistance méconnue; ces regards « tremblans qui voilent de terribles hardiesses; ces « envies soudaines de parler et d'agir, réprimées par « leur violence même; cette éloquence intime qui se « produit par des phrases sans esprit, mais pronon- « cées d'une voix *titillante;* les mystérieux effets de « cette primitive pudeur de l'âme et de cette divine « discrétion qui rend généreux dans l'ombre, et fait « trouver un goût exquis aux dévouemens ignorés; « enfin, toutes les beautés de l'amour jeune, toutes « les faiblesses de la puissance printanière.

« Elle était amoureuse à la dérobée, n'osait avoir « de l'éloquence ou de la beauté que dans la solitu- « de, et malheureuse par le jour, elle aurait été ra- « vissante s'il lui avait été permis de ne vivre qu'à « la nuit. [1] »

Voilà Corbinelli qui entre chez moi tout charmé d'avoir trouvé, parmi la poignée de livres que nous possédons ici, un tome des lettres de M. de Balzac, et d'y avoir rencontré un passage qu'il prétend être

[1] La *Recherche de l'absolu. Scènes de la vie privée.*

cent piques au-dessus de tout ce que le fils a fait de mieux. A la gravité des pensées et à la noblesse du style, on voit bien que celui-ci est du père.

« Nous avons perdu en notre ami un très-digne « sénateur, je vous l'avoue. Mais le sénat même se « perdra, et un jour il n'y aura pas plus de conseil- « lers de Paris que de pères conscrits de Rome et « d'aréopagites d'Athènes. Nous avons perdu dans le « même ami un mathématicien, un orateur et un « poète, je vous l'avoue derechef; mais ne savez- « vous pas que les hommes ne vivent que parmi des « pertes? qu'ils ne cheminent que sur des ruines? « Et combien y a-t-il, je vous prie, que les mathé- « maticiens, que les orateurs, que les poètes meu- « rent? On devrait être accoutumé à semblables « accidens; ils sont aussi anciens que le monde, et « nous les trouvons étranges, comme si c'était une « nouveauté d'aujourd'hui. Ce ne sont point des pro- « diges, ce sont des choses vulgaires et familières; « et celui qui a dit *qu'il n'y a eu que la première « mort non plus que la première nuit qui ait mérité de « l'étonnement et de la tristesse*, a dit une vérité, sur « laquelle il faudrait faire plus de réflexion que nous « ne faisons. Tout, Monsieur, tout sans exception « est condamné à la même peine; et non-seulement « les parlemens et les juges ne sont pas des choses « immortelles, mais encore les sciences périront « aussi bien que les savans, et la hauteur de l'astro- « nomie ne sera pas plus privilégiée que la bassesse « de la grammaire. Dieu, qui doit ruiner les cieux « pour en bâtir de plus beaux, ne conservera pas les

« globes et les astrolabes en détruisant leur objet. « Il ne nous laissera point nos petites connaissances « dans le bienheureux AVENIR qu'il nous prépare, « parce que nous n'aurons pas le loisir de nous y « jouer, et que notre félicité sera toute sérieuse. Il « abolira la prose et les vers; il supprimera les orai- « sons et les hymnes, et tous les autres moyens im- « parfaits de parler de lui pour donner lieu à une « plus noble et plus excellente manière de le louer. « Je ne saurais donc trouver étrange, quoique puis- « sent dire vos exclamations, que les artisans et les « ouvrages finissent, puisque les arts et les modèles « doivent finir. » [1]

Assurément, ma fille, tout ceci est fort beau; mais je ne saurais vous dire combien la haute perfection de M. de Balzac m'a toujours intimidée. Jamais je ne l'ai rencontré sans lui faire une profonde révérence, tout en me disant qu'il me serait impossible d'écrire comme lui.

[1] Lettres choisies du sieur de Balzac. 19 aoust 1638. Elzevier, in-18, 1678.

LETTRE V.

A LA MÊME.

Vous pensez, ma chère enfant, que nous sommes quittes de la politique, qu'avec bien plus de raison encore que d'esprit, vous nommez le *vert-de-gris de la société*. Hélas! que vous êtes loin de compte; c'est un mal qui gagne tout le monde. Hier soir nous soupons tranquillement, et, à ce que je crois amicalement, mon fils, Corbinelli et moi (nous avions été ensemble à la comédie) :

> A peine nous sortions des portes de Trézène,

ne voilà-t-il pas que la démangeaison prend à Corbinelli d'entamer aigrement le chapitre des affaires du temps, et de critiquer le roi, parce que S. M. trouve bon, tantôt de hausser, tantôt de baisser les monnaies, selon que les coffres sont pleins ou vides. Cette opération, il a l'audace de la taxer brutalement de vol dans nos poches, comme si un père n'avait pas le droit de voler les poches de ses enfans, et comme si un roi n'était pas le père de son peuple. Je regardais du côté de la porte pour voir si personne n'était aux écoutes; heureusement nos gens s'étaient écartés. Mon fils, en brave chevalier de la royauté, soutint que le roi avait ce droit-là incontestablement, et le prouva en ce que les rois de France en ont toujours usé de même de tout temps. Corbinelli soutint que le *fait* n'était pas le *droit;* en vérité, on entend aujourd'hui d'étranges choses, des doctrines toutes nouvelles, des genres d'hérésie en matière de gouvernement; jamais, dans ma jeunesse, ni je présume, dans la vieillesse de Louis XI on n'eût osé débiter rien de pareil. Tristan et le cardinal de Richelieu y auraient mis bon ordre. Corbinelli ajouta qu'à tout prendre les rois ne savaient guère faire autre chose que courre le loup, courre le renard, courre le sanglier, et courre le peuple.... *Et courre le peuple!* s'écria mon fils indigné; et, se levant avec impétuosité : *M. de Corbinelli, prenez garde à vos paroles, vous perdez le respect dû au roi...* — *Monsieur, dites plutôt au peuple*, repart Corbinelli. — *Lors même que les rois courraient un peu le peuple*, reprend Sévigné avec son noble dépit (balbutiant un peu et chancelant une bagatelle), *le mal ne serait pas bien grand; les gens de qualité exceptés, la masse du peuple, qu'est-ce, après tout, qu'un composé de renards, de sangliers, de loups? — Et de loups!* ... A ces mots, ce fut le tour de Corbinelli de se lever et de faire un bond de rage. Il écumait; je vis le moment où il en devenait un lui-même, et qu'il nous redonnait tout Lycaon :

> Loup farouche, il respire en sa forme nouvelle
> Cette férocité qui lui fut naturelle.

J'étais vraiment au supplice : je courais à l'un, je courais à l'autre, je portais des paroles de paix et de réconciliation partout; mais c'était comme, à la fin d'une fête, ces verres d'orgeat qui font vingt fois le tour, et dont personne ne veut plus. Ma pauvre enfant, si Mignard eût passé en ce moment par-là, il m'eût peinte en Cassandre: j'y ressemblais comme deux gouttes d'eau; je manquais complètement de crédit sur l'esprit de mes maudits Troyens; enfin, leur voyant l'âme toujours plus échauffée, les lèvres toujours plus tremblantes, les langues plus balbutiantes, les paroles plus embrouillées, plus entrecoupées, plus doubles, je vis le moment que pour l'un ou l'autre la scène allait finir en queue d'apoplexie, lorsque Corbinelli tout-à-coup baisse la tête, et, d'un air vraiment sinistre, la tient de côté (je ne sais même s'il n'avait pas la bouche un peu tordue). Mon Dieu! dis-je, voilà l'*attaque* décidée, et une sueur froide me couvre. Point du tout! il se relève frais, dispos et serein, s'essuyant un peu le front pour la forme; il gagne la porte; puis, se retournant sur le seuil et s'appuyant sur le pommeau, il nous dit, mais d'un ton si noble et d'un air tellement imposant, que lui-même m'imposa et m'effraya presque : « La conviction intime où l'on est encore main-« tenant de la nécessité d'avoir des rois, passera en-« tièrement;... elle passera comme ces mauvais rê-« ves, ces songes angoissans qui appesantissent le « sommeil et rendent par cela même le réveil d'un « prix inestimable. Oui! alors s'élèvera du sein de « tous les peuples un rire inextinguible à l'idée du « passé, à l'idée que pendant quatre à cinq mille ans « ils ont pu être assez imbécilles pour croire avoir « besoin, pour se régir, de la volonté d'autrui, com-« me si leur propre volonté, bien manifestement « exprimée, ne suffisait pas.

« Plus éclairées dans ces temps heureux sur leurs « véritables intérêts, les nations seront toujours assez « sages pour comprendre, et ne plus jamais l'oublier, « qu'elles ont besoin de *magistrats* et non de *maîtres*, « qu'il leur faut des *supérieurs* et non des *despotes*; « des supérieurs élus avec une entière liberté de « suffrages et avoués par la loi, mais surtout amovi-« bles, surtout périodiquement renouvelés (tout ce « qui a une trop longue durée, tout ce qui est im-« muable devient vexatoire); en un mot, qu'il leur « faut des CHEFS et non point des TYRANS.... » Et là-dessus il nous fait une profonde révérence. Nous demeurâmes comme foudroyés. Mon fils me voyant émue et sur le point de prendre mal de ces maximes audacieuses, se jeta sur un flacon d'eau de la reine d'Hongrie, et m'en frotta les tempes et les poignets; il fit bien; car je m'en allais grand train vers l'autre vie, vers Démosthènes et Cicéron dont je voyais déjà les ombres blêmes se promenant aux bords de l'abîme, toutes prêtes à reprendre le discours où Corbinelli l'avait laissé. Quand les esprits nous furent un peu revenus, il était loin. Nous balançâmes à faire avertir l'intendant du Châtelet ou courir en toute hâte chez le lieutenant de police; en fidèles sujets nous le devions, c'était notre devoir; nous n'en fîmes rien pourtant.

Certes, c'est quelque chose d'étrange qu'un attachement de quarante ans; on n'en connaît toute la force qu'au moment de le rompre. Je comptais décidément plus de mille petits crochets qui me retenaient à Corbinelli; cependant je reprenais courage, je songeais à ce que je dois en qualité de sujette. Je commençai dix billets à M. de la Reynie, je n'en finis aucun. Chaque fois que j'allais écrire : *il faut incarcérer Corbinelli*, un crapaud semblait sortir de mon écritoire et me dire : « Vous êtes une ingrate; qu'a-« vez-vous fait de votre mémoire? Ne vous souvient-« il plus de tous les services que ce pauvre Corbinelli « vous a rendus et d'un si bon cœur et d'un si bon « esprit à vous et à votre fils? »

Ma fille, il faut y avoir passé pour savoir à quel point il est dur de ne pouvoir concilier la morale avec ce qu'on doit au roi.

LETTRE VI.

A LA MÊME.

Écoutez un beau trait du roi : cela ne surprend point, mais fait toujours plaisir. L'avocat-général (Talon) avait une pension de six mille francs. On proposa, il y a environ un an, d'en donner une semblable à son collègue Lamoignon : la chose en resta là. Six mois après S. M. lui dit : *Vous ne me parlez pas de votre pension.* — *Sire*, répondit M. de Lamoignon, *j'attends que je l'aie méritée.* — *A ce compte*, répliqua le roi, *je vous dois des arrérages.* Quel maître que le nôtre ! s'il y a quelque chose à craindre pour les Français, c'est qu'ils ne tombent quelque jour dans l'idolâtrie.

Je vais présentement, ma fille, vous parler de l'un des coryphées d'entre les auteurs de ces livres que vous savez : on l'appelle le grand Victor. C'est un homme qui commença à briller sur l'horizon, en Brabant, à quinze ou tout au plus dix-huit ans. Devinez comme il s'y prit pour attirer les yeux sur lui : il jeta au nez du public un livre nommé *Han d'Islande*. Le titre ne promet ni roses, ni blonds cheveux, ni clair de lune ; certes il choisit bien d'autres choses pour vous divertir. Son héros est demi-tigre, demi-samoïède ; il a des ongles bleus pour déchirer ses belles ; il les mord, suce leur sang, habite les fosses et les charniers, et meurt au gibet. Ceci vous suffira pour juger du livre entier. On le trouva beau, on dit qu'il promettait ; on attendit, et le jeune Victor, flatté du bon goût de ses admirateurs, se mit, je crois, à faire un gros volume en vers, qu'il appela *Cromwell*. Ici, du moins, l'on connaît l'homme. On m'a fort conseillé d'y apprendre le vrai beau ; cela s'appelle un drame, c'est-à-dire une chose ni comique, ni tragique, mais, s'il vous plaît, les deux à la fois. Comme je hais Cromwell et ses puritains, je n'ai pas voulu seulement qu'on me vantât ce chef-d'œuvre.

Ce bizarre auteur a continué à cheminer en prose et vers au milieu des monstres de tout genre, des cadavres, des ruines, que sais-je ? Il a enlevé tout son public en lui donnant pour pâture trois volumes qui se nomment *Notre-Dame de Paris*. Ma fille, je renonce à vous dire ce que c'est que ce livre ; je l'ai lu : quand on le commence, on est contraint d'achever. C'est le plus étrange style : des mots ressuscités du temps de Ronsard par centaines, des idées qui semblent de mauvais rêves; enfin c'est fou, et pourtant il y a des beautés, j'en conviens; j'ai même pleuré en lisant le désespoir d'une femme à demi frénétique qui vit dans une sorte de cave qu'on appelle *un trou à rat;* on lui jette à manger par charité; elle demeure là avec un petit soulier qu'elle baise nuit et jour: ce soulier, c'est celui de son unique enfant, délicieuse créature qu'on vient enlever, le cou entortillé d'une grosse corde serpentant sur ses épaules, et que l'on finit par pendre. Du reste, j'ai tout oublié; il y a un affreux prêtre, un amusant débauché, un difforme sourd-muet. Le roman finit par deux squelettes trouvés aux Gémonies, et cela s'appelle *Notre-Dame*, on ne sait pourquoi: il n'est jamais question de ce qu'on fait dans le temple; on pourrait y adorer un magot de la Chine aussi bien que le Dieu des chrétiens; tout se passe sur les toits et dans le clocher.... On y voit des scènes inouïes; vous n'en dormiriez pas. De grâce, ne lisez point ce livre, vous en seriez malade, et moi bien plus encore si je le savais entre vos mains. M. Hugo, toujours par prédilection pour les sujets épouvantables et craignant que nous ne fussions suffisamment informés de ce qui se passe dans l'âme d'un condamné, a trouvé bon de faire tout un livre sur ce qu'éprouve un homme conduit au supplice. Cela s'appelle le *Dernier jour d'un condamné.*

A propos d'exécution, voici ce qui vient d'arriver, il n'y a pas deux heures, à Montfaucon, et dont Sévigné a été quasi témoin. On était sur le point de pendre un malheureux voleur, lorsqu'un jeune homme fait à peindre, de belle apparence, et habillé du bel air, fend la presse d'un air agité, et demande à être admis en présence des juges. On surseoit à l'exécution; on l'admet. *Messieurs*, dit-il tout essoufflé, *voici bientôt deux cents ans que Dieu suscita ma famille pour rouer et pendre à Montfaucon.* Papiers sur table, il le prouve. Il conclut à être rétabli dans la charge de ses pères et à entrer de suite en fonctions. Le magistrat étourdi de sa demande, mais convaincu de son bon droit, la lui accorde et fait comme il peut ses excuses à l'autre bourreau qui, se voyant un homme perdu, court faire ôter le gibier de la broche et congédier sa gouvernante. Le jeune homme cependant tire sa casaque, retrousse sa manche, monte, s'empare du patient, et allait le précipiter, lorsque celui-ci jette un cri et reconnaît à une envie un sien cousin fraîchement revenu des Indes. Le jeune homme se le remet aussi; il se gratte l'oreille et dit : *Comme on se retrouve!* Il demande s'il n'y aurait pas moyen de racheter son parent. Il offre cinquante pistoles: on n'en veut point. — Soixante. — On les refuse. — Quatre-vingts....... Tout son avoir. — C'est inutile. Alors les deux cousins navrés, éperdus, se jettent dans les bras l'un de l'autre, s'embrassent, s'enlacent, pleurent, sanglotent, et quand tout est bien démêlé, il s'en trouve un de pendu.

Ce qu'il y a de fort étrange dans le talent de Hugo (il est impossible de lui en refuser), c'est qu'après avoir effrayé ses lecteurs par les inventions les plus démoniaques, il leur offre, pour les remettre, de charmantes petites poésies où l'on ne parle que de gentils petits lutins, de roses, de beaux enfans, de parfums et d'oiseaux. Je crois qu'il se moque sous cape, quand il compose ses livres *noirs* et qu'il est de bonne foi dans les jolis tableaux qui me raccommodent un peu avec sa muse furibonde et sanguinaire. Je vous avoue que je l'ai aimé en lisant les vers que voici. Vous devinerez, ma fille, *qui* j'ai cru voir entrer :

Lorsque l'enfant paraît, le cercle de famille
Applaudit à grands cris ; son doux regard qui brille
Fait briller tous les yeux.

. . . .

Soit que juin ait verdi mon seuil, ou que novembre
Fasse autour d'un grand feu vacillant dans la chambre
Les chaises se toucher.

Quand l'enfant vient, la joie arrive et nous éclaire.
On rit, on se récrie, on l'appelle, et sa mère
Tremble à le voir marcher.

Quelquefois nous parlons, en remuant la flamme,
De patrie et de Dieu, des poètes, de l'âme
Qui s'élève en priant.

L'enfant paraît : adieu le ciel et la patrie
Et les poètes saints ! La grave causerie
S'arrête en souriant.

Il est si beau l'enfant avec son doux sourire,
Sa douce bonne foi, sa voix qui veut tout dire,
Ses pleurs vite apaisés,

Laissant errer sa vue étonnée et ravie,
Offrant de toutes parts sa jeune âme à la vie,
Et sa bouche aux baisers !

Que c'est bien là l'*enfant!* Pourquoi se tourmenter si fort pour inventer des monstres, quand on sait peindre ce qui est vrai, ce qui est beau? J'étais triste hier matin : je n'avais point de lettre, je pleurais en pensant à vous; j'ouvre mon petit livre de poésie, je tombe sur ces mots :

Pleure comme Rachel, pleure comme Sara.
On a toujours souffert, ou bien on souffrira.
Malheur aux insensés qui rient!
Le Seigneur nous relève alors que nous tombons.
Car il préfère encore les malheureux aux bons,
Ceux qui pleurent à ceux qui prient!

Eh bien! j'ai cru que ces vers étaient faits pour nous, qu'ils peignent la situation d'une mère qui ne peut parvenir à se rapprocher d'une fille telle que la mienne. Qu'en pensez-vous? Il faut que vous lisiez les *Feuilles d'Automne* (c'est le titre de ce recueil de pièces fugitives); vous y verrez des choses toutes nouvelles, des idées qui vous sont étrangères et que l'on finit par adopter; vous passerez de surprise en surprise; car, je vous le répète, c'est un autre monde que le nôtre; vous en éprouverez souvent de la fatigue, du dégoût; vous direz que ces vers sont durs, emphatiques, faux; qu'il y a abus d'images poétiques; qu'on ne peut ainsi parcourir la création entière à propos de rien; que tout cela est trop sombre, trop bizarre, et puis malgré votre goût sévère, votre jugement exquis, vous aurez du plaisir, oui vous en aurez.

Moi, j'en reviens toujours aux enfans et aux mères. Cet homme excelle à peindre les enfans : il en a sûrement à lui. En voici un qui rêve dans son berceau :

Songe qui l'enchante,
Il voit des ruisseaux,
Une voix qui chante

Sort du fond des eaux;
Ses sœurs sont plus belles,
Son père est près d'elles;
Sa mère a des ailes
Comme les oiseaux.

Il voit mille choses
Plus belles encor :
Des lis et des roses
Plein le corridor;
Des lacs de délice
Où le poison glisse,
Où l'onde se plisse
A des roseaux d'or.

Enfant, rêve encore!
Dors, ô mes amours!
Ta jeune âme ignore
Où s'en vont tes jours.
. . . .

Sans soin, sans étude,
Tu dors en chemin,
Et l'inquiétude
A la froide main
De son ongle aride,
Sur ton front candide
Qui n'a point de ride,
N'écrit pas : demain!

A côté de ces vers, si vous placez ceux-ci, vous direz comme moi que ce poète est un singulier homme, et que parmi les nouveautés dont il nous régale, sa façon de juger les rois peut se mettre au premier rang. Je vous préviens qu'il faut lire au moins trois fois cette strophe pour en comprendre le sens :

C'est une chose grande, et que tout homme envie
D'avoir un lustre en soi qu'on répand sur sa vie,

D'être choisi d'un peuple à venger son affront,
De ne point faire un pas qui n'ait trace en l'histoire,
Ou de chanter les yeux au ciel, et que la gloire
Fasse avec un regard reluire votre front.
Il est beau de courir par la terre usurpée,
Disciplinant les rois du *plat de son épée.*

Je me flatte que nous ne verrons pas nos grands poètes *discipliner* les rois du bec de leurs plumes, bien moins encore du tranchant de leurs épées. Corneille et Racine ne nous inspirent pas de craintes à cet égard. On dit que le sieur Hugo a fait des pièces de théâtre, dont l'entrée en France est défendue. Mme de Lafayette vous en parlera : elle les a lues en secret. Il emploie de singulières expressions quand il décrit les beautés de la nature; ainsi *le vent du soir fouette avec la cascade*, *le rocher tout en pleurs*, *les arbres sont effarés*, la nature est *un immense clavier*, Paris porte un brouillard au front *comme un panache;* il demande si cette ville

Ouvre et ferme à tel jour ses cratères fumans,
Et de quel air les rois, à l'instant où nous sommes,
Regardent bouillonner dans ce Vésuve d'hommes
La lave des événemens.

Ne vous effrayez pas, de grâce, en vous souvenant que je suis si près de ce *Vésuve d'hommes;* il n'en sortira rien de fâcheux. Mais n'êtes-vous pas étonnée de ce que je vous raconte, de ce que je vous promets. Sévigné et Corbinelli se moquent fort de l'intérêt que je prends à la muse hugotine; je les laisse dire, je m'enferme pour lire ces étranges vers; il me tarde d'en savoir votre opinion.

LETTRE VII.

A LA MÊME

Vous dites une chose plaisante, mais en vérité trop dure, qu'on ne saurait choisir qui du père ou du fils [1]. Y pensez-vous bien, ma belle? Si le père n'est pas aussi souple que je le voudrais, il a au moins du sens et un grand sens dans ses paroles. Si son éloquence est un peu âpre, si sa dignité est un peu pédantesque, c'est du moins de la dignité, c'est de l'éloquence. Vous me ferez plaisir de me dire ce que vous préférez de la *voix liquide* de M. de Sainte-Beuve ou de la *voix titillante* de M. de Balzac.

Je viens d'avoir la visite du marquis de Boulainvilliers. Il m'a communiqué son mariage avec la

[1] MM. de Balzac.

fille de Samuel Bernard [1]. J'ai d'abord ouvert de grands yeux sur la mésalliance (un beau-père juif et roturier!), mais ensuite je me suis adoucie en songeant combien l'affaire était bonne. Les millions sont là, ma chère, comme ailleurs les cent mille francs. De l'approbation j'ai passé à l'admiration, tant la cassette est magnifique; seulement j'ai dit en souriant à M. de Boulainvilliers que, vu que le voilà Midas ou autant vaut, je le priais de se bien garder de me toucher. Pour prouver qu'il n'avait rien de *contagieux*, il m'a embrassée, et vous voyez que je ne suis point changée en *or*. J'aimerais pouvoir user de cette faculté de métamorphose en votre faveur, je toucherais vite une de vos portes-cochères, et voilà vos maçons payés.

Vous avez donc été contente, mon enfant, de mon écu à cette pauvre femme. J'en suis bien aise. Quand je fais quelque bien, il se trouve toujours fait avant que je m'en doute; c'est la seule compassion qui me pousse, cela est très-mal: on devrait faire le bien pour l'amour de Dieu, et l'amour de Dieu ne me vient jamais à l'esprit qu'un moment après. Je me dis alors intérieurement: oh! pour cela oui! Si Dieu en est content, j'en serai vraiment ravie. Mais en vérité, ma belle, il n'a jamais été que ma seconde pensée; la vue du malheur a été la première, et tellement la première et la toute première, qu'un trait qui part d'un arc ne va pas plus vite; je vous dis, cela est abominable.

[1] Voir note 3.

Ma fille, je ne vous en dis pas davantage, vous aurez assez à lire au grand morceau que vous envoie Mme de Lafayette, et dont je ne doute pas que vous ne soyez aussi charmée que je l'ai été.

LETTRE VIII.

MADAME DE LAFAYETTE A MADAME DE GRIGNAN.

Il m'est facile, Madame, de vous donner quelque idée des pièces de théâtre du sieur Hugo; car j'en ai fort entendu parler au duc de Croy, qui les a vu représenter à Bruxelles par une troupe de comédiens flamands. Le récit qu'on m'a fait de ces pièces ne me donne certes pas l'envie de les voir jouer, mais la curiosité de les lire m'a pris. Les gens du duc avaient si bien caché ces livres, qu'il aurait été impossible aux furets de la douane de les découvrir.

Rien n'est plus étrange que ces sortes de pièces et l'effet qu'elles produisent; les femmes sanglotent, prennent mal; on tombe en pamoison, et plus ces drames deviennent extravagans, plus on crie au miracle; aussi leur auteur a-t-il déjà dépassé toutes les limites imaginables; il ne peut aller plus avant: c'est une certitude consolante pour la cause de la raison et du bon goût.

Avant de vous parler des pièces elles-mêmes, que je vous dise la folie des acteurs flamands. N'ont-ils pas cru qu'on leur permettrait de venir à Paris étaler tous leurs meurtres, et hurler à nos oreilles? Peut-on concevoir une pareille prétention?.. A travers le Cid et le Misanthrope, venir vous donner des farces sanglantes aussi détestables! A quel point les succès de province peuvent aveugler! L'illusion de ces gens, du moins, n'a pas duré long-temps. Le roi, après en avoir causé avec Molière et Racine, a fait donner un ordre formel et à tout jamais, relativement aux œuvres dramatiques du sieur Hugo. Elles ne passeront la frontière qu'en contrebande; mais je crains fort que nous ne soyons bientôt inondés de cette marchandise défendue.

Le premier drame, joué à Bruxelles, se nomme *Hernani* ou l'*Honneur castillan*. A coup sûr l'auteur a voulu effacer le chef-d'œuvre de Corneille; mais comment s'y est-il pris? Dans cette pièce, toutes les règles de la vraisemblance et de la convenance sont violées. Au premier acte, vous voyez sortir d'une armoire..... devinez qui? Rien moins que Charles-Quint, pas encore empereur, il est vrai, mais pas loin de l'être; il est là occupé à entendre un grand d'Espagne (dont le père a été ruiné et condamné par Philippe-le-Bel) faire sa cour incognito à une certaine Dona Sol que lui, Don Carlos, trouve fort à son gré. L'amant écouté est un bandit; il est voleur de profession ; c'est à ce titre qu'il obtient de sa belle la promesse d'en être suivi partout. Elle répond : *je vous suivrai*, à tout ce qu'il raconte de sa vie de pillage et de vagabondage, et puis, au milieu de ce bel entretien, voilà don Carlos qui, s'ennuyant à périr, ouvre la porte de sa cachette, en s'écriant :

Quand aurez-vous fini de conter votre histoire ?
Croyez-vous donc qu'on soit si bien dans une armoire ?...

Ceci vous suffira, Madame, pour vous donner une idée du décorum gardé dans les drames du sieur Hugo, et comme les princes s'y expriment. Je ne vous ferai pas l'analyse de cette pièce, ce serait trop long. Il y a de belles situations, des choses attendrissantes et quelques beaux vers, à travers ceux qui martellent l'oreille. Mais que dire du voyage de tous les personnages de Saragosse à Aix-la-Chapelle, rien que cela, et pour un seul acte. Il est vrai qu'on y vient pour élire l'empereur ; cela vaut bien la peine. On a de plus une conspiration, puis un monologue de cinq pages, débité par Charles-Quint sur le tombeau de Charlemagne, au moment où il vient se cacher en ce lieu pour déjouer ses ennemis. Ce monologue fait rage ; on ne peut nier qu'il ne renferme de belles pensées et ne soit écrit dans un fort bon esprit ; mais sa longueur est insoutenable. Je vous en citerai un passage pour vous en donner une faible idée :

Le pape et l'empereur sont tout : Rien n'est sur terre
Que par eux et pour eux. Un suprême mystère
Vit en eux, et le ciel, dont ils ont tous les droits,
Leur fait un grand festin des peuples et des rois.
Le monde, au-dessous d'eux s'échelonne et se groupe ;

Ils font et défont. L'un délie et l'autre coupe,
L'un est la vérité, l'autre est la force. Ils ont
Leur raison en eux-mêmes; et sont parce qu'ils sont.
Quand ils sortent, tous deux égaux, du sanctuaire,
L'un dans sa pourpre, et l'autre avec son blanc suaire,
L'univers ébloui contemple avec terreur
Ces deux moitiés de Dieu, le pape et l'empereur.

Ne croyez-vous pas que ce morceau serait du goût du roi qui, par le rôle qu'il joue maintenant en Europe, pourrait prendre pour lui ce qui regarde l'empereur?

Vous pensez bien que la conspiration est déjouée, et don Carlos élu par acclamation, dans ce même caveau où il a fait arrêter ses ennemis. Mais qui vient encore dans ce caveau? Dona Sol elle-même, arrivée de Saragosse, on ne sait pourquoi, ni comment. Les femmes voyageaient si facilement! Mais elle est venue pour déclarer son amour au roi; on reconnaît le brigand Hernani comme grand d'Espagne, l'empereur lui pardonne ainsi qu'à tous les conjurés; le mariage se décide, toujours dans le caveau; tout est au mieux; il faut repartir pour Saragosse; c'est là que se fera la noce. — Mais, direz-vous, c'est une pièce charmante; il n'y a rien de sombre dans tout cela, et le tombeau de Charlemagne fait oublier l'armoire.

Eh bien! Madame, voici ce qui arrive: je ne vous ai pas dit qu'un vieux Espagnol, tuteur de Dona Sol, voulait absolument épouser cette belle; qu'il est jaloux en diable de Hernani, et que cependant il n'a pas voulu le livrer à la fureur de don Carlos, qui est venu le chercher dans son château, où Hernani s'est introduit sous le costume d'un pélerin. Le vieux Espagnol (et c'est ici un des effets de l'honneur castillan) cache son rival à son tour, non pas dans une armoire, mais derrière un tableau. Or vous voyez que dans toute la pièce on pourrait crier: *paraissez! disparaissez!* tout comme le joueur de gobelets. Quand Hernani reparaît, il est sauvé; mais sa vie appartient à don Ruy Gomez, encore par un effet de l'*honneur castillan*. Celui-ci ne voulant pas le tuer sur place, consent à accepter un petit cor que Hernani portait à sa ceinture; il est convenu que dès que don Ruy soufflera dans ce cor, Hernani doit se remettre à sa disposition, et mourir à son choix pour acquitter sa dette. Il semble que jamais le vieillard n'aura la barbarie de souffler dans ce maudit cor; eh bien! vous verrez qu'il y soufflera. Il était aussi de la conjuration du grand caveau; on lui a pardonné: tout va bien. Je vous ai déjà dit qu'on repart pour l'Espagne; je ne sais trop comment voyage Dona Sol entre ses trois adorateurs; mais enfin elle arrive à Saragosse, où l'on donne une grande fête pour son mariage. Pendant la danse, un masque noir poursuit Hernani et se fait connaître à lui, comme fort décidé à le prier de mourir pour terminer le bal. Encore par *honneur castillan*, Hernani promet d'obéir. Vous comprenez que le masque a donné du cor, il a même eu l'obligeance de se munir d'une petite fiole contenant du poison pour une ou deux personnes. Dona Sol, qui ne connaît pas le pacte, ne comprend rien à l'état bizarre de Hernani, et lui dit les choses du monde les plus tendres sur un balcon, au clair de lune, après que les conviés sont partis. Hernani sait qu'il doit mourir; mais il espère encore que ce ne sera pas de si tôt; le malin vieillard ne l'entend point ainsi : tout-à-coup le cor recommence à se faire entendre; cette fois, décidément il faut obéir; alors le secret se découvre : Dona Sol apprend que son mari ne lui appartenait que sous le bon plaisir de son méchant tuteur : celui-ci apporte au haut de la rampe qui conduit au balcon des deux époux, sa petite bouteille de *Soya;* on la boit sans murmurer, le vieillard contemple les convulsions qu'elle occasionne, et voici comment cela finit :

Oh! béni soit le ciel qui m'a fait une vie
D'abîmes entourée et de spectres suivie,
Mais qui permet que, las d'un si rude chemin,
Je puisse m'endormir ma bouche sur ta main!

DON RUY GOMEZ.

Ils sont encore heureux!

HERNANI, *d'une voix de plus en plus faible.*

Dona Sol, tout est sombre...
Souffres-tu?

DONA SOL, *d'une voix également éteinte.*

Rien, plus rien.

HERNANI.

Vois-tu des feux dans l'ombre?

DONA SOL.

Pas encor.

HERNANI, *avec un soupir.*

Voici...

(*Il tombe.*)

DON RUY GOMEZ, *soulevant sa tête qui retombe.*

Mort!

DONA SOL

(*Echevelée et se dressant à demi sur son séant.*)

Mort! non pas! ... nous dormons

Il dort. C'est mon époux, vois-tu, nous nous aimons;
Nous sommes couchés là. C'est notre nuit de noce...
(*D'une voix qui s'éteint.*)
Ne le réveillez pas, seigneur duc de Mendoce!...
Il est las... (*Elle retourne la figure d'Hernani.*)
Mon amour, tiens-toi vers moi tourné...
Plus près... plus près encor... (*Elle retombe.*)

DON RUY GOMEZ.

Morte!... Oh! je suis damné.
(*Il se tue.*)

C'est ainsi, Madame, que le sieur Hugo entend l'*honneur castillan* : convenez qu'il emploie de grands moyens, et que ce cor, cette petite fiole, sans parler des cachettes diverses sur lesquelles roule l'action, sont bien calculés pour faire pâlir l'œuvre de Corneille! Si ce drame eût été fait dans cent ans, il ne serait pas si plaisant de le comparer au Cid; mais il est certain que dans ce moment c'est une vraie caricature. Vous savez, l'on dit : *Beau comme le Cid;* pensez-vous que jamais l'on dise : *Beau comme Hernani?*

Hugo a fait encore, depuis *Hernani*, plusieurs autres drames en comparaison desquels le premier n'est qu'eau-rose. Je ne vous parlerai que de ceux-ci, d'abord du *Roi s'amuse*. Si je vous dis que ce roi est François Ier, vous allez croire qu'en effet on *s'amuse* dans cette pièce, et que le roi troubadour écrit des vers, les chante peut-être, file quelque intrigue d'amour, danse ou se bat en galant chevalier. Oh! c'est bien ainsi qu'il *s'amuse* ce François Ier là. Je ne puis vous parler, avec quelque détail de cette indigne pièce; c'est une telle insulte à l'honneur français, à la royauté et à la décence, qu'une femme honnête et de qualité ne peut salir sa plume en traitant un pareil sujet. Le roi ne fait que hanter les mauvais lieux, tromper, séduire, assassiner; enfin, je vous dis, cela n'a pas de nom. Voilà comme on traite le *père des lettres*, le prince que la gloire et la captivité ont également illustré, le monarque chevalier et poète. Croiriez-vous qu'il est des gens assez fous pour soutenir qu'il est bon de montrer ainsi au peuple la vraie image des rois, comme si ce portrait pouvait être ressemblant! N'en parlons plus : le sang me bout; si j'avais la puissance de traiter le sieur Hugo ainsi que notre grand saint Louis, quelques chrétiens infidèles, je lui ferais brûler et percer la langue, et très-certainement couper la main droite...

Vous voyez qu'il fait des drames *historiques* toujours plus sanglans, toujours plus faux et d'un style toujours plus étrange. Il est beaucoup de vers dans le *Roi s'amuse* qui ne sont pas plus doux que

Droite et roide est la côte, et le sentier étroit.

Au reste, quand le cœur est soulevé, il est assez égal qu'on nous déchire les oreilles; cela vaut même mieux. Que direz-vous d'un tour de passe-passe fort comique à propos de deux reines, Marie Stuart et Marie Tudor. On sait que la seconde était laide, sérieuse, jalouse de Philipppe II, qui ne l'aimait nullement, qu'elle pleurait sans cesse lorsque le roi ne lui écrivait pas, et qu'après ce sentiment, sa haine contre les hérétiques et son attachement à la ville de Calais remplissaient tout son cœur. Eh bien! le sieur Hugo a cru qu'il serait bon d'en faire une *inamorata*, et de transporter toute sa jalousie conjugale sur un aventurier, malheureuse imitation de Rizio. Ce qui gagne tous les cœurs, ce sont deux escaliers, l'un tendu de blanc, l'autre de noir ; le *cavalier servente*, accusé, monte par le blanc, et le condamné descend par le noir, accompagné du bourreau, qui crie à l'assistance toutes ses qualifications ; en sorte que cela ressemble beaucoup à l'huissier priseur qui offre des meubles. On ne résiste point à cela.

Vous croyez peut-être que je n'ai rien de plus monstrueux à vous raconter, détrompez-vous. On trouve dans l'histoire un nom de femme tout particulièrement hideux, et que l'on ne prononce pas sans rougir. C'est là une héroïne pour notre poète ; après elle, il faudra qu'il se taise ; car décidément il n'y a rien de pire dans les annales modernes : les crimes de l'antiquité n'ont pas encore tenté ce grand faiseur de drames historiques. C'est donc Lucrèce Borgia qui maintenant achève l'éducation des dames brabançonnes.

Vous ne devineriez guère pourquoi M. Hugo est allé chercher dans la boue cette horrible Italienne : je vais vous le dire, le faisant parler lui-même. « A la « chose la plus hideuse, mêlez une idée religieuse ; « elle deviendra sainte et pure ». Son but est de nous faire arriver à ce qui est beau, en nous montrant ce qu'il y a de plus affreux. La route est peu agréable, il faut en convenir; il entasse les vices, jette au milieu un sentiment honnête, et puis voilà le tout *saint* et *pur*. Ainsi, loin de rendre Lucrèce moins criminelle que l'histoire ne nous l'a faite, il la représente versant le poison à flots; son nom est sans cesse accompagné d'épithètes qu'une femme ne peut répéter; on l'insulte d'une façon inouïe, elle est plus bas que terre et par ses actions et par ce qu'on dit d'elle; mais pour que cette *chose hideuse*, bien hideuse en vérité, devienne *sainte* et *pure*, voici comment M. Hugo s'y prend : Lucrèce a un fils, je ne vous dirai pas qui en est le père; elle aime ce fils, et par ce rapport de tendresse avec la tigresse et la lionne, la voilà intéressante et purifiée. L'amour maternel est donc ici l'idée que M. Hugo nomme *religieuse*..... Convenez qu'il n'est pas difficile de trouver un pareil moyen, et que supposer une femme monstrueuse, encore capable d'aimer son enfant est une chose assez simple. Mais ce qu'il y a pourtant de beau dans cette idée toute commune, c'est qu'il arrive que Lucrèce est forcée par son mari de verser du poison à son fils, et que ce fils la tue sans savoir qui elle est. Elle est ainsi punie de ses crimes. On ne cesse de parler poison, d'en verser, d'en avaler durant toute la pièce. Lucrèce, qui porte toujours dans sa ceinture un contre-poison infaillible, en fait boire à son fils, qui s'imagine un moment que la fiole qui doit le sauver le fera mourir. Au dernier acte, il se rempoisonne à son insu, et refuse décidément le reste du flacon de sa mère; puis se décide à la poignarder, parce qu'elle vient de faire avaler du *vin des Borgia* à cinq jeunes gens de ses amis, qui, au premier acte, l'avaient insultée assez vertement devant le jeune homme qui n'apprend que Lucrèce l'a mis au jour qu'à l'instant où il la tue. Ce qu'on admire le plus à Bruxelles, c'est un coup de théâtre, une *surprise*. Tandis que les jeunes gens empoisonnés chantent à gorge déployée, on entend un chœur de prêtres chantant les prières des morts; ils s'approchent : la toile du fond se lève; les pénitens noirs et blancs se rangent tout autour du banquet : les pauvres étourdis croient que c'est une mascarade, une jolie plaisanterie pour les amuser, puis tout-à-coup arrive Mme Lucrèce, qui leur déclare à tous qu'ils vont mourir en leur criant : « Jeppo Liveretto, « va rejoindre ton oncle Vitelli que j'ai fait poignar-« der dans les caves du Vatican ! Ascanio Petrucci, va « retrouver ton cousin Pandolfo que j'ai assassiné « pour lui voler sa ville ! Oloferno Vitellozzo, ton « oncle t'attend, tu sais bien, Jago d'Appiani, que « j'ai empoisonné dans une fête ! Maffio Orsini, va « parler de moi dans l'autre monde à ton frère de « Gravina, que j'ai fait étrangler dans son sommeil ! « Apostolo Gazella, j'ai fait décapiter ton père Fran-« cisco Gazella, j'ai fait égorger ton cousin Alphonse « d'Aragon, dis-tu, va les rejoindre ! Sur mon âme ! « vous m'avez donné un bal à Venise, je vous rends « un souper à Ferrare. Fête pour fête, messeigneurs » !

Je vous en supplie, cela ne fait-il pas hausser les épaules !... puis elle leur montre cinq cercueils proprement arrangés pour les recevoir. — On dirait d'une parade de la foire... Eh bien ! tout le monde meurt de peur : on trouve cela superbe. On n'a pas assez de morts et de mourans; il y a encore la mère et le fils à voir mourir, et cela l'un par l'autre; c'est comme l'histoire des deux loups qui se mangèrent et dont il ne resta que les deux queues....

Convenons, Madame, que Sa Majesté se montre excellent maître, comme toujours, en nous interdisant de pareils plaisirs, et qu'il n'y a pas d'habileté d'auteur qui puisse faire excuser de semblables inventions. Passez de ce drame aux belles scènes des Horaces, de Cinna et de Phèdre, ne croirez-vous pas sortir d'un mauvais rève pour voir lever le soleil ?

MADAME DE SÉVIGNÉ.

N'est-il pas vrai, ma très-chère belle, que Madame de Lafayette est adorable, et que je ne saurais trop aimer une amie qui entre si bien dans toutes les fantaisies que j'ai de vous plaire. Ne manquez pas de lui en dire un mot, cela l'encouragera; certes vous le lui devez; pour vous faire plaisir, elle a tout-à-fait oublié son point de côté.

Ne vous semble-t-il pas que ces drames sont surtout remarquables par leur absurdité *historique?* Pourquoi, au nom du ciel, s'obstiner à mêler le *faux* et le *vrai?* Faites des pièces extravagantes, Messieurs les nouveaux auteurs, mais du moins n'y mêlez pas des personnages qui n'ont que faire parmi vos inventions, ou bien alors, prenez l'histoire telle qu'elle est. Plus je la lis, plus je la trouve romanesque, plus romanesque que toutes les romanesqueries qu'on invente à grand'peine; par exemple, celle de Pizarre. Est-il rien de comparable, si l'on veut quelque chose d'inattendu, de surprenant? Un petit garçon garde les cochons de son père; il les garde si mal, qu'il en perd un; il n'ose revenir à la maison; il pleure tant qu'il part pour l'Amérique; il est si habile qu'il découvre le Pérou; il est si heureux qu'il arrive à point nommé pour mettre la paix, ou plutôt la discorde entre deux rois qui se disputaient l'empire. Il fait comme Perrin Dandin, il donne une écaille à chacun, et avale l'huître. Cette huître se trouve être une immense chambre remplie d'or jusqu'au-dessus de ce que le bras d'Atabalipa peut atteindre. Pizarre accepte, accapare tout. Mais il trouve bon de faire brûler vif le roi, on ne sait pour quelle vétille, et le tout finit par se trouver assassiné lui-même. Ma fille, que de chemin ce petit garçon a fait depuis le premier cochon perdu jusqu'au dernier assassinat! Je ne voudrais de l'un ni de l'autre, ni de la fin, ni du commencement, pas même du milieu qui ferait pourtant l'objet de l'ambition de bien des gens.

Adieu, ma très-chère belle, j'attends de vos nouvelles avec une impatience que je prétends que vous ne sauriez ni comprendre ni partager.

LETTRE IX.

MADAME DE SÉVIGNÉ A MADAME DE GRIGNAN.

Il faut vous dire que le jour que je fus à Paris j'ai été voir Mme de Lavardin que j'avais laissée souffrante de douleurs de rhumatisme. Je l'ai trouvée mieux et même occupée à me faire des extraits. De là j'allai chez notre petite amie qui était sortie, puis chez Mme de Lafayette. En traversant l'antichambre, j'entendis des hommes qui élevaient la voix : de loin, ils avaient l'air de se disputer ; j'entre sur la pointe des pieds : Mme de Lafayette me voyant, met le doigt sur la bouche et me fait signe de me glisser le long de la paroi vers elle. Ces hommes qui causaient si haut, c'étaient le président de Lamoignon et l'évêque de Tulle discutant sur un chapitre du livre des *Mar-*

tyrs [1], et tous deux indignés du ton de familiarité avec lequel l'auteur se permet de parler de la Trinité; certes, cela n'a pas de nom. *Il n'y a de pires que les siens,* disait Mascaron; car je ne doute point que l'auteur n'ait prétendu égaler ce qu'il y a de plus pur et de plus orthodoxe dans l'Eglise, mais de vouloir parler ainsi sur un sujet de dévotion, mieux, mille fois mieux eût valu se taire, et là-dessus il prit le livre et nous lut l'endroit même. Nous en fûmes tous scandalisés.

Ah! ma très-chère, que j'aime bien mieux tout ce que nous dit un jour l'évêque de Nîmes dans un sermon admirable sur ce redoutable mystère : il s'exprima en termes respectueux et tels qu'il convient sur un sujet au-dessus de l'entendement humain. Il nous donna encore hier (vous savez, il est ici,) un autre sermon sur l'immortalité de l'âme : de temps à autre je n'étais pas trop persuadée d'avoir une âme immortelle; mais cette fois je suis presque convaincue d'en avoir deux.

Ma fille, je viens de lire la révolution de Portugal [2]; la belle histoire et comme on aime cette Louise de Gusman! mais à vrai dire son mari était bien fade, bien pusillanime! peut-on faire aussi peu de cas d'une couronne? peut-on balancer à ce point? attendre qu'une femme vous mette, pour ainsi dire, les morceaux à la bouche, et vous verse les diamans

[1] Par M. de Châteaubriand.

[2] Avénement de la maison de Bragance au trône de Portugal en 1640.

sur la tête! une couronne! ah la belle chose, lorsqu'on la porte dignement! on doit l'aimer non pour soi, mais pour tout le bien qui en peut résulter pour les autres. Il me semble que je vois la noble Louise dire à son époux, avec ce ton sublime que l'histoire lui prête et qu'on se représente si bien, mais qu'on ne saurait imiter: *Acceptez, seigneur, acceptez la couronne qu'on vous offre; il est beau de mourir roi, quand on ne l'aurait été qu'un quart-d'heure.* Quoi qu'il en soit, un prince de sang royal qui ne saisit pas vivement au vol un sceptre lorsqu'une occasion aussi légitime que propice s'en présente, n'est au-dessus à mes yeux que d'un monarque qui abandonnerait lâchement le sien; mais ce monstre en politique n'existe pas, et la France assurément ne le verra jamais. Fuir: l'horrible mot! il ne doit pas être écrit avec de l'encre, mais tracé avec de la boue. Fuir n'est pas *français;* il n'a été mis dans le dictionnaire que pour les autres nations: un roi qui fuirait prouverait qu'il ne fait aucun cas de son trône, qu'il ne mérite point de commander à son peuple, qu'il est indigne de la royauté.

Entre nous je ne puis vous dire à quel point Corbinelli me désole quelquefois par sa politique: c'est un homme perdu; il est *républicain* dans l'âme. Figurez-vous qu'il se vante beaucoup plus d'avoir vu Ruyter que le stadhouder, qu'il pleure de tendresse en se rappelant d'avoir touché la main calleuse du vieux Tromp, et songez que jamais il n'est allé voir dîner la princesse d'Orange.

Vous nous encouragez si fort, ma très-chère

belle, à vous envoyer des extraits, que nous continuerons, mes amies et moi, à faire les académiciennes jusqu'à ce que vous nous disiez : *C'est assez, je n'en veux plus.*

LETTRE X.

A LA MÊME.

Vous ne sauriez, ma chère, avoir trop d'obligation à Mme de Lafayette pour toute la peine qu'elle a dû prendre à l'égard des pièces nouvelles dont elle vous parle avec tant de sagacité. Pour un esprit aussi fin, aussi delicat que le sien, il y a presque dévouement à s'occuper d'un pareil dédale d'invraisemblances et de crimes. Ce qui doit surtout la révolter, ce me semble, c'est la manie qu'a le sieur Hugo de fourrer dans son tissu de choses révoltantes au bon goût des personnages historiques tout-à-fait travestis. Ce n'est pas ainsi qu'elle-même se sert de l'histoire; car au lieu de l'enlaidir, elle pèche peut-être en sens contraire.

Voyez de quelle bonne grâce, de quel ton parfait

elle peint toute la cour de Henri II. En lisant la *Princesse de Clèves* on pourrait se croire au temps présent tant il y a d'élégance et de noblesse dans ce livre. Je ne puis, à la vérité, me figurer qu'on parlât et qu'on écrivît ainsi à l'époque qu'elle a choisie; mais il est certain qu'on se plaît singulièrement dans cette compagnie, et que la moralité de l'ouvrage est aussi incontestable que la grâce du style. Vous souvient-il de ce beau passage sur l'éducation de Mme de Clèves, et ne pensez-vous pas qu'il renferme d'excellentes leçons pour les mères de tous les temps et de tous les lieux. Voilà mon fils qui va vous le copier; je ne sache pas que vous ayez ce livre à Grignan. Quelle manière de peindre en peu de mots une belle personne! Comparez ce morceau, je vous prie, avec le portrait de la dame Claës par le fils Balzac. Je ne parle pas de l'extérieur des personnes, mais du talent des auteurs. « Mme de Chartres, après avoir « perdu son mari, avait passé plusieurs années sans « revenir à la cour. Pendant cette absence, elle avait « donné ses soins à l'éducation de sa fille; mais elle « ne travailla pas seulement à cultiver son esprit et « sa beauté, elle songea aussi à lui donner de la ver- « tu et à la lui rendre aimable. La plupart des mères « s'imaginent qu'il suffit de ne parler jamais de ga- « lanterie devant les jeunes personnes pour les en « éloigner : Mme de Chartres avait une opinion oppo- « sée; elle faisait souvent à sa fille des peintures de « l'amour; elle lui montrait ce qu'il a d'agréable, « pour la persuader plus aisément sur ce qu'elle lui « en apprenait de dangereux; elle lui contait le peu

« de sincérité des hommes, leurs tromperies et leur « infidélité, les malheurs domestiques où plongent « les engagemens, et elle lui faisait voir d'un autre « côté quelle tranquillité suivait la vie d'une honnête « femme, et combien la vertu donnait d'éclat et d'é- « lévation à une personne qui avait de la beauté et « de la naissance; mais elle lui faisait voir aussi « qu'elle ne pouvait conserver cette vertu que par « une extrême défiance de soi-même et par un grand « soin de s'attacher à ce qui seul peut faire le bon- « heur d'une femme, qui est d'aimer son mari et « d'en être aimée.

« Cette héritière était alors un des grands partis « qu'il y eût en France, et quoiqu'elle fût dans une « extrême jeunesse, l'on avait déjà proposé plusieurs « mariages. Mme de Chartres, qui était extrêmement « glorieuse, ne trouvait presque rien digne de sa « fille. La voyant dans sa seizième année, elle voulut « la mener à la cour. Lorsqu'elle arriva, le vidame « alla au-devant d'elle; il fut surpris de la grande « beauté de Mlle de Chartres, et il en fut surpris avec « raison. La blancheur de son teint et ses cheveux « blonds, lui donnaient un éclat que l'on n'a jamais « vu qu'à elle; tous ses traits étaient réguliers, et « son visage et sa personne étaient pleins de grâce « et de charmes. »

Les ouvrages à la mode sont tellement remplis de choses violentes, que l'on croirait le monde plein de fous et d'énergumènes, si les gens étaient semblables à ceux de ces livres. A propos d'amour, entr'autres, on ne reconnaît plus guère cette passion, tant on la fait noire et furieuse. Et puis on ne vous laisse jamais rien attendre, rien deviner. Je préfère qu'on ne fasse que glisser sur les scènes amoureuses; cette façon de raconter dit beaucoup plus que l'autre. Voyez encore comment Mme de Lafayette nous apprend que le duc de Nemours découvre la passion de Mme de Clèves pour lui : certes il me semble que de telles peintures font honneur à leur auteur, et qu'il y a plus de vraie tendresse dans cette scène muette que dans vingt tirades de grands mots: « M. de Nemours se rangea derrière une des fenêtres « qui servaient de porte, pour voir ce que faisait « Mme de Clèves. Il vit qu'elle était seule; mais il la « vit d'une si admirable beauté, qu'à peine fut-il « maître du transport que lui donna cette vue. Il fai- « sait chaud, et elle n'avait rien sur la tête et sur sa « gorge, que ses cheveux confusément rattachés. « Elle était sur un lit de repos avec une table devant « elle, où il y avait plusieurs corbeilles pleines de « rubans; elle en choisit quelques-uns, et M. de « Nemours remarqua que c'était des mêmes couleurs « qu'il avait portées au tournoi. Il vit qu'elle en fai- « sait des nœuds à une canne des Indes fort extraor- « dinaire, qu'il avait portée quelque temps, et qu'il « avait donnée à sa sœur, à qui M. de Clèves l'avait « prise, sans faire semblant de la reconnaître, pour « avoir été à M. de Nemours. Après qu'elle eût ache- « vé son ouvrage avec une grâce et une douceur « que répandaient sur son visage les sentimens qu'elle « avait dans le cœur, elle prit un flambeau et s'en « alla proche d'une grande table, vis-à-vis du ta-

« bleau du siége de Metz, où était le portrait de « M. de Nemours; elle s'assit et se mit à regarder ce « portrait avec une attention et une rêverie que la « passion seule peut donner.

« On ne peut exprimer ce que sentit M. de Ne-« mours dans ce moment. Voir au milieu de la nuit, « dans le plus beau lieu du monde, une personne « qu'il adorait, la voir sans qu'elle sût qu'il la voyait, « et la voir tout occupée de choses qui avaient du « rapport à lui, et à la passion qu'elle lui cachait: « c'est ce qui n'a jamais été goûté ni imaginé par « nul autre amant. »

Quant à la question de se servir des personnages de l'histoire pour en faire des romans ou des pièces de théâtre, elle donne beaucoup à penser; le François Ier du sieur Hugo n'est guère plus semblable au modèle que le Cyrus de Mlle de Scudéry au roi de Perse; et mon amitié pour Mme de Lafayette ne m'empêche pas d'apercevoir que la reine Catherine ne soit un peu d'eau douce..... Certes on ne l'accuserait pas de préluder à la St-Barthélemy par la tracasserie de ses billets. Qu'y faire? répéter avec Boileau :

La critique est aisée et l'art est difficile,

et puis laisser les livres qui nous remplissent l'esprit de choses effrayantes et ridicules pour ne choisir que ceux qui nous peignent des choses naturelles et séantes.

Ma fille, je quitte le roman pour l'histoire : je viens d'apprendre une mort qui m'a frappée. Tous ceux qui meurent nous donnent un avant-goût de ce qui doit nous arriver; c'est comme une répétition de notre propre histoire; mais il est des décès qui ont un caractère plus particulier que d'autres et plus droit d'attirer l'attention. La vieille duchesse d'Estrées [1] vient de mourir, et son fils tout malade et moribond mourut deux heures après; en sorte que la mère, en ralentissant sa marche, et le fils en précipitant la sienne, s'atteignirent inopinément aux portes de l'éternité.

On avait caché au comte de Blagny que la duchesse venait de défunter; il ne l'apprit que dans l'autre vie. Figurez-vous leur étonnement. — Vous voilà!... Depuis quand? — Depuis un instant. — Et moi j'arrive. Ma fille, quelle entrée pour un fils et une mère qui déjà ici-bas dans ce séjour d'imperfection, d'agitation et de trouble, se sont tendrement aimés; quelle entrée dans ce séjour d'éternelle paix, de repos, de contentement, ce séjour où il n'y aura plus ni deuil, ni cri, ni travail, ni péché surtout! On les ensevelit ensemble. Le fils suivra, dans un silence plus respectueux que jamais, sa pauvre mère. Tout Paris y courra. J'ai fait retenir une croisée chez la Troche.

J'apprends qu'un nouvel ouvrage de M. Hugo, la *Quiquengrogne* va paraître : je me décide sur le titre à défendre qu'on me l'envoie; car j'en *quiquengrognerais*.

[1] Voir note 4.

LETTRE XI.

A LA MÊME.

Après avoir envoyé extrait sur extrait de prose, il faut bien aussi, ma très-chère belle, vous en envoyer de vers. Il y a à Vaugirard une Madame Desbordes-Valmore qui se mêle de poésie. Sous ce rapport, quelqu'un avait voulu lui faire faire la connaissance de Mme Deshoulières. Croiriez-vous qu'elle l'a refusé ou tout autant : elle a dit qu'elle verrait, qu'elle ne promettait rien, qu'elle n'aimait pas s'engager, etc., et jugez combien ceci est parfait, puisqu'il n'est pas dit du tout que Mme Deshoulières eût accepté sa visite; il est étrange comme on dispose du temps et du bien d'autrui; on les éparpille à pleines mains comme s'ils nous appartenaient. Il y a huit jours on nous fit fête d'un morceau charmant qu'on appelle le *Ruisseau*. Je tâcherai de vous en envoyer une copie; mais je ne vous promets pas de l'avoir assez tôt pour l'expédier par ce courrier. Vous comprenez bien, ma belle, qu'il est de Mme Deshoulières et non de Mme Desbordes. Concevez-vous la bizarre contradiction de celle-ci : après avoir fait la petite bouche pour voir Mme Deshoulières, ne se prend-elle pas de passion pour Sapho [1], dont tous les héros ne valent ni les *Moutons*, ni les *Oiseaux*. Songez que je ne l'ai vue qu'une seule fois, et que ce fut en Bretagne chez la du Plessis qui me prit par la main et me présenta à elle comme à une des premières puissances du Parnasse; elle s'est fondée là-dessus pour m'écrire en me priant de la mettre en relation avec Mlle de Scudéry, avec qui elle me suppose intime, vu, dit-elle, que nous avons toutes deux infiniment de mérite. Elle m'envoie ces vers comme échantillon de son savoir-faire :

S'en aller à travers des pleurs et des sourires,
Achever par le monde un sort amer et pur,
User sa robe blanche, et pour une d'azur,
En laisser les lambeaux aux ronces des martyrs :
C'est ma vie ! Un roseau semble plus fort que moi :
Je ne m'appuie à rien que je ne tombe à terre;
Et je chante pourtant l'ineffable mystère
Qui de mon cœur sanglant fait un cœur plein de foi !

[1] C'est ainsi qu'on appelait Mlle de Scudéry.

D'où vient donc que ce jour surpasse la tristesse
De tous les jours tombés hors de ma vie enfin ?
Sur mes heures, qu'inscrit l'impatient destin,
Le pied du temps bondit de la même vitesse :
D'où vient donc que j'étouffe au sein de l'univers ?
Ah ! c'est qu'ils m'ont blessée au milieu de la foule :
Du grand arbre agité feuille que le vent roule,
Ils ont soufflé loin d'eux mes mobiles revers !

Ainsi, trois fois adieu ! ville inhospitalière,
Ville trois fois fermée à mes humbles malheurs;
Pour d'autres si riante et si pleine de fleurs;
Où ma vie arriva blanche et pure écolière,
A quinze ans. Ville austère où j'appris à pleurer,
Où j'apportais un cœur si tendre à déchirer,
Où je sentis aux fleurs des épines profondes,
Où l'on voulut noyer mes ailes sous les ondes.

Vallon sans écho
Pour la voix qui pleure,
Où je buvais l'heure
Froide comme l'eau,
Amère lustrale,
Sombre cathédrale
Où s'est caché Dieu ;
Jardin des olives,
Sol aux ronces vives,
Mon calvaire, adieu !

Adieu ! je ne suis plus dans un désert. La vie
Autour de moi se meurt. J'ai mon ombre au soleil.
Partout je trouve terre où le ciel m'a suivie ;
Partout son hymne glisse au fond de mon sommeil !

Quand vos traits jusqu'au cœur dans l'ombre m'ont touchée,
Je m'en allai vers Dieu : j'y retourne aujourd'hui.
Car sa main est immense et je m'y sens cachée ;
Dieu veille sur ma tête et je me sauve à lui !

Et sous cette main qui délivre,
J'entrerai comme vous aux cieux :
Là votre or ne pourra vous suivre ;
Moi, je lui porterai mon livre
Fermé maintenant à vos yeux.

Ce livre, ce cœur plein d'orages,
Plein d'abîmes et plein de pleurs,
Déchiré dans toutes ses pages,
Dieu, sauveur de tous les naufrages,
Aura la clé de ses douleurs!

Mais quoi ! quand son œil d'or se voile sous la nue,
Qu'il laisse tomber l'ombre avant la nuit venue,
Quand l'oiseau sans musique erre aux champs sans couleurs,
Je ne me sens pas vivre, et je ressemble aux fleurs,
Aux pauvres fleurs baissant leurs têtes murmurantes,
Et qu'on prendrait au loin pour des âmes pleurantes!

Quand on se meurt, on plaint tout ce qui va mourir :
On plaint tout ce qui souffre ou qui semble souffrir.

Que dis-je? on ne meurt pas quand on le pense. Une âme
Prend ses ailes long-temps avant de s'envoler :
Une lampe long-temps s'use sans s'exhaler,
Tant qu'un peu d'huile au cœur en remonte la flamme.
J'ai des enfans : leurs voix, leurs haleines, leurs jeux
Soufflent sur moi l'amour qui m'alimente encore :
J'ai pour les regarder tant d'âme dans les yeux!
Mon étoile est si bien nouée à leur aurore!
On m'a blessée en vain, je ne peux pas mourir.
J'ai semé leurs printemps : je dois les voir fleurir.
Au milieu de leurs jeux, inoffensive et frêle,
Mort! oublieuse mort, je passe sous votre aile,
Et je n'alourdis pas mon vol de haine ; hélas !
S'il fallait me venger, je ne le saurais pas.

Il serait impossible de relever tout ce qu'il y a

dans ces vers à faire pâmer de rire (ce qui n'était certainement pas l'intention de l'auteur). Je vous recommande cependant les *têtes murmurantes* des fleurs, qu'on prendrait pour des *âmes pleurantes;* j'attends surtout de votre franchise le jugement que vous aurez porté de cette *étoile* nouée comme une serviette ou un vil essuie-main à cette *aurore*. Puis comment trouvez-vous, je vous prie, la *douceur* de LEUR AURORE ? Mon fils disait que si Despréaux les entendait, il ne quitterait pas Mme Desbordes qu'elle ne fût fiancée à Chapelain, et le contrat passé en bonne forme.

Voilà que l'abbé Pontcarré m'envoie tout à point une copie du *Ruisseau :* il a tant fait qu'enfin il l'a attrapé.

Ruisseau, nous paraissons avoir un même sort ;
D'un cours précipité nous allons l'un et l'autre,
Vous à la mer, nous à la mort :
Mais, hélas ! que d'ailleurs je vois peu de rapport
Entre votre course et la nôtre !
Vous vous abandonnez sans remords, sans terreur,
A votre pente naturelle ;
Point de loi parmi vous ne la rend criminelle ;
La vieillesse, chez vous, n'a rien qui fasse horreur :
Près de la fin de votre course,
Vous êtes plus fort et plus beau
Que vous n'êtes à votre source ;
Vous retrouvez toujours quelqu'agrément nouveau,
Si de ces paisibles bocages

La fraîcheur de vos eaux augmente les appas,
Votre bienfait ne se perd pas;
Par de délicieux ombrages
Ils embellissent vos rivages;
Sur un sable brillant, entre des prés fleuris,
Coule votre onde toujours pure;
Mille et mille poissons dans votre sein nourris,
Ne vous attirent point de chagrins, de mépris :
Avec tant de bonheur, d'où vient votre murmure ?
Hélas! votre sort est si doux !
Taisez-vous, ruisseau, c'est à nous
A nous plaindre de la nature.
De tant de passions que nourrit notre cœur,
Apprenez qu'il n'en est pas une
Qui ne traîne après soi le trouble, la douleur,
Le repentir ou l'infortune;
Elles déchirent nuit et jour
Les cœurs dont elles sont maîtresses;
Mais de ces fatales faiblesses,
La plus à craindre, c'est l'amour;
Ses douceurs même sont cruelles :
Elles font cependant l'objet de tous les vœux,
Tous les autres plaisirs ne touchent point sans elles.
Mais des plus forts liens le temps use les nœuds,
Et le cœur le plus amoureux
Devient tranquille, ou passe à des amours nouvelles.
Ruisseau, que vous êtes heureux !
Il n'est point parmi vous de ruisseaux infidèles
Lorsque les ordres absolus
De l'être indépendant qui gouverne le monde,
Font qu'un autre ruisseau se mêle avec votre onde,
Quand vous êtes unis, vous ne vous quittez plus.
A ce que vous voulez jamais il ne s'oppose,
Dans votre sein il cherche à s'abîmer :
Vous et lui jusques à la mer
Vous n'êtes qu'une même chose.
De toutes sortes d'unions
Que notre vie est éloignée !
De trahisons, d'horreurs et de dissensions,

Elle est toujours accompagnée.
Qu'avez-vous mérité, ruisseau tranquille et doux,
Pour être mieux traité que nous ?
Qu'on ne me vante point ces biens imaginaires,
Ces prérogatives, ces droits,
Qu'inventa notre orgueil pour masquer nos misères :
C'est lui seul qui nous dit que par un juste choix
Le ciel mit, en formant les hommes,
Les autres êtres sous leurs loix.
A ne nous point flatter nous sommes
Leurs tyrans plutôt que leurs rois.
Pourquoi vous mettre à la torture ?
Pourquoi vous renfermer dans cent canaux divers ?
Et pourquoi renverser l'ordre de la nature
En vous forçant de jaillir dans les airs ?
Si tout doit obéir à nos ordres suprêmes,
Si tout est fait pour nous, s'il ne faut que vouloir,
Que n'employons-nous mieux ce souverain pouvoir ?
Que ne règnons-nous sur nous-mêmes ?
Mais hélas ! de ses sens esclave malheureux,
L'homme ose se dire le maître
Des animaux qui sont peut-être
Plus libres qu'il ne l'est, plus doux, plus généreux ;
Et dont la faiblesse a fait naître
Cet empire insolent qu'il usurpe sur eux.
Mais que fais-je ? où va me conduire
La pitié des rigueurs dont contr'eux nous usons ?
Ai-je quelqu'espoir de détruire
Des erreurs où nous nous plaisons ?
Non, pour l'orgueil et pour les injustices,
Le cœur humain semble être fait.
Tandis qu'on se pardonne aisément tous les vices,
On n'en peut souffrir le portrait.
Hélas ! on n'a plus rien à craindre ;
Les vices n'ont plus de censeurs ;
Le monde n'est rempli que de lâches flatteurs ;
Savoir vivre, c'est savoir feindre.
Ruisseau, ce n'est plus que chez vous
Qu'on trouve encor de la franchise ;

On y voit la laideur ou la beauté qu'en nous
La bizarre nature a mise :
Aucun défaut ne s'y déguise ;
Aux rois comme aux bergers vous les reprochez tous ;
Aussi ne consulte-t-on guère
De vos tranquilles eaux le fidèle cristal ;
On évite de même un ami trop sincère :
Ce déplorable goût est le goût général.
Les leçons font rougir ; personne ne les souffre :
Le fourbe veut paraître homme de probité.
Enfin, dans cet horrible gouffre
De misère et de vanité,
Je me perds : et plus j'envisage
La faiblesse de l'homme et sa malignité,
Et moins de la Divinité
En lui je reconnais l'image.
Courez, ruisseau, courez ; fuyez-nous ; reportez
Vos ondes dans le sein des mers d'où vous sortez ;
Tandis que, pour remplir la dure destinée
Où nous sommes assujettis,
Nous irons reporter la vie infortunée
Que le hasard nous a donnée
Dans le sein du néant d'où nous sommes sortis.

Comme tout cela est doux et coulant ! en peignant un ruisseau, c'en est un. Quelle grâce, quel bon goût, quel charme généralement répandu, quelle triomphante poésie ! elle ne blesse l'amour-propre de personne, et entraîne l'approbation de tout le monde. Voilà ce que j'appelle être poète. Ce morceau est parfait, n'est-il pas vrai ? Quant à la conclusion, j'en suis très-humble servante ; je ne crois point au *hasard* et n'accepte pas le *néant*. En revanche de cette déplorable fin, j'aime bien mieux les *Réflexions diverses* : les avez-vous chez vous ? En voici trois dont je raffole :

Quel poison pour l'esprit sont les fausses louanges !
Heureux qui ne croit point à de flatteurs discours !
Penser trop bien de soi fait tomber tous les jours
En des égaremens étranges.
L'amour-propre est, hélas ! le plus sot des amours ;
Cependant des erreurs il est la plus commune.
Quelque puissant qu'on soit en richesse, en crédit,
Quelque mauvais succès qu'ait tout ce qu'on écrit,
Nul n'est content de sa fortune,
Ni mécontent de son esprit.

On croit être devenu sage
Quand après avoir vu plus de cinquante fois
Tomber le renaissant feuillage,
On quitte des plaisirs le dangereux usage :
On s'abuse ! D'un libre choix
Un tel retour n'est point l'ouvrage ;
Et ce n'est que l'orgueil dont l'homme est revêtu,
Qui, tirant de tout avantage,
Donne au secours de la vertu
Ce qu'on doit au secours de l'âge.

En grandeur de courage on ne se connaît guère,
Quand on élève au rang des hommes généreux
Ces Grecs et ces Romains dont la mort volontaire
A rendu le nom si fameux.
Qu'ont-ils fait de si grand ? Ils sortaient de la vie
Lorsque de disgrâces suivie,
Elle n'avait plus rien d'agréable pour eux,
Par une seule mort ils s'en épargnaient mille.
Quelle est douce à des cœurs lassés de soupirer !
Il est plus grand, plus difficile
De souffrir le malheur que de s'en délivrer.

Ma fille, je ne vous dis rien de mon amitié ; elle est mêlée de tant de faiblesse, qu'il vaut mieux la cacher à tous les yeux, même sans vous excepter.

LETTRE XII.

A LA MÊME.

Vos réflexions sur le *Ruisseau* sont très-justes. En effet, on ne saurait revenir avec plus de bonheur à son sujet que ne le fait Mme Deshoulières; cinq ou six fois elle le quitte, et autant de fois le retrouve sans l'avoir jamais cherché. Mais vous avez bien raison d'ajouter que la fin est détestable pour une femme qui, pour tout au monde, ne voudrait être chicanée sur sa foi. Est-ce être chrétienne de me dire:

> Nous irons reporter la vie infortunée
> Que le hasard nous a donnée
> Dans le sein du néant d'où nous sommes sortis.

Ne parlons plus de cela: ces derniers vers sont

aussi mauvais en morale que tout ce qu'on a fait de pire aujourd'hui.

J'ai été faire un tour à Paris : j'y suis même restée un jour de plus que je ne comptais. La bonne d'Escars fait souvent de petites excursions de charité, du bien en cachette, et me jugeant quelquefois bonne à partager ses méchantes œuvres, elle me proposa de l'accompagner chez une famille de ses pauvres habitués : j'accepte ; un énorme sac est aussitôt empli de comestibles, une vraie corne d'abondance, un mât de cocagne, un que sais-je ?.... Je me munis de mon côté d'objets plus petits et plus portatifs, et certes à nous voir cheminer ainsi, vous n'auriez pas dit de la faim et de la soif voyageant de compagnie. On arrive à l'entrée d'une petite rue : on descend ; on renvoie bêtes et gens. Larmechin voulait nous prêter son ministère : nous refusons obstinément tout témoin indiscret, nous ne voulons pas qu'il porte notre bagage : je voyais cependant cette pauvre d'Escars qui s'évertuait à n'en pouvoir plus ; je veux l'aider, elle ne veut pas : *que chacun porte son fardeau, portez vos écus* : je ne risquais pas d'être écrasée par ma charge. En approchant de cette lugubre demeure, dont la porte à demi-pourrie ne joint pas, et dont l'unique fenêtre, à demi-rongée, est de papier huilé, il me prit un serrement de cœur inexprimable. *Mon Dieu*, dis-je à Mme d'Escars, saisie malgré moi d'une sorte d'horreur et d'un dégoût involontaire que je ne fus pas maîtresse de réprimer, *comme certaines gens sont logés ! — Cela est vrai*, me répondit-elle avec solennité, *et cepen-*

dant (montrant le ciel) *cela ne les empêchera pas d'aller là... peut-être même plus sûrement que nous!* —*Et peut-être*, interrompis-je (enchantée de trouver une occasion de réparer mon superbe dégoût qui avait été fort injuste), *peut-être même y seront-ils mieux placés.*—*Cela est fort possible*, répartit gravement Mme d'Escars, *et quoiqu'il y ait bien des gens, mon enfant, plus riches que nous, qui oserait nier que, comparativement à ces pauvres, nous ne soyons le chameau de l'Evangile qui aura bien de la peine à passer au travers.....* et au lieu d'achever sa phrase, voilà ma bonne d'Escars étendue tout de son long qui se débat parmi ses petits pains, ses cervelas, ses mortadelles, ses brioches, ses châtaignes, ses pommes, ses miches, etc. ; la corne d'abondance s'était vidée en un instant : tout cela bondissait autour d'elle. Jamais spectacle plus risible : elle voulait me dire de l'aider à se relever, impossible ; elle ne put prononcer les mots nécessaires, le rire la suffoquait. Pour moi, vous savez comme je suis bonne et d'un grand secours en pareil cas ; il me prend un affaiblissement indigne : écarter deux ou trois brioches du bout du pied pour lui faire place nette, me parut les travaux d'Hercule. Quand elle se fut relevée (toute seule bien entendu) je me jetai dans ses bras, au risque de la faire retomber, pour lui demander comment tout ceci s'était passé; elle me demandait la même chose : un léger coup-d'œil jeté sur le théâtre de notre désastre nous apprit que la cause en était un gros billot de bois roulant, placé intérieurement contre le seuil de la porte et servant à la famille de marche-pied. Mme d'Escars ignorait cet aimable raffinement d'architecture..... Mais ne voilà-t-il pas qui est affreux, de retomber encore en péché mortel (*aimable raffinement d'architecture*, quand il s'agit de la maison du pauvre)? n'est-ce pas mon chien d'orgueil qui me l'arrache pour vous amuser, et peut-être parce que l'escalier de l'hôtel Carnavalet est spacieux et commode. Oh que la bonne d'Escars avait bien raison de dire qu'il nous sera *difficile de pénétrer dans le royaume des cieux!* Toute cette fausse délicatesse, ces fadaises de notre vanité, tout cet orgueil devra demeurer en-deçà de la porte du paradis, tout cela sera de contrebande, rien n'entrera avec nous.

Ma fille, nous trouvâmes le ménage de ces Chappuis dans un entier dénuement. Le père était absent. Ce qui nous frappa, ce fut une quantité de grands yeux du plus beau bleu; ces immenses yeux appartenaient à sept à huit enfans que la frayeur de notre bizarre entrée avait précipités les uns sur les autres comme les feuilles d'automne chassées par la bise dans un coin : nous venions cependant avec de meilleures intentions que ce vent qui dessèche tout. Ces jeunes créatures criaient miséricorde, ne comprenant rien à des dames arrivant la tête la première, et précédées d'une grêle de choses bonnes à manger; la première émotion passée, quelques distributions faites, Mme d'Escars jetant un regard d'étonnement sur cette quantité d'enfans, dit à la mère: *Certes, bonne femme, voilà une nombreuse et belle famille; mais comment faites-vous, n'ayant qu'un faible gagne-pain, pour nourrir tant d'enfans?..... — Madame*, répartit la bonne femme, joignant pieusement les mains, *ne disent-ils pas tous :* PATER NOSTER..... Cette réponse nous toucha vivement : elle nous fit comprendre mieux que jamais ce que c'est que cette confiance sans bornes du pauvre en la Providence. Quand on croit en la bonté de Dieu avec autant de ferveur, on peut s'attendre qu'il nous exaucera ; qu'il nous donnera ce *pain quotidien* dont nous ne saurions nous passer, et qu'il l'accordera surtout si c'est une mère qui le demande pour ses *enfans*. Je jugeai que c'était le moment de donner mon cordial, ce qui fut fait en moins de rien ; la bonne femme me fit une foule de petites révérences, dont je fus toute honteuse, et que j'aurais voulu lui rendre.

Vous n'attendez pas d'autres détails. Vous êtes ma main droite, ma très-belle, et vous n'ignorez pas que la droite n'ose savoir ce que la gauche fait. Vous pensez bien que je n'eus rien de plus pressé que de faire demander des nouvelles de cette excellente d'Escars ; j'ai appris avec bien du chagrin qu'elle a une main foulée et un genou hors de combat, c'est-à-dire écorché, mais n'en perd pas courage pour tout cela ; elle m'écrit avec son bon genou et sa belle main depuis sa chaise longue, qu'elle n'a pas du tout regret à sa mésaventure ; que le plaisir de faire du bien, on l'aurait à trop bon marché si on ne l'achetait de temps en temps par quelque léger désastre et un peu de souffrance ; enfin, un billet à montrer au père Bourdaloue en confessionnal ! Comme son médecin lui a défendu, pour quelques jours, la nourriture substantielle, elle pense, m'écrit-elle, que les cervelas et les mortadelles sont compris dans l'exception, mille folies qui prouvent qu'elle est gaie et contente comme quand on a bonne conscience. Elle s'amuse à coudre d'autres attaches à son sac pour qu'il ne lui cause pas nouvel affront; puis revenant sur l'apparition de ces *yeux bleus*, elle ajoute qu'elle ne voudrait pas, fût-ce au prix d'un second genou et d'une autre main, n'avoir pas entendu l'admirable réponse de cette mère. Elle a combiné dans son lit une pension alimentaire à faire à ces bonnes gens, et m'assure qu'elle m'a mis de moitié pour la payer; n'est-ce pas un joli trait d'amie? c'est sur ce pied aussi que je l'ai pris et l'en ai remerciée.

Ma fille, on ne parle pas du loup qu'on n'en voie la queue. Ne voilà-t-il pas qu'au moment de plier ma lettre, je vois entrer dans la cour l'équipage de la bonne d'Escars, et elle-même clopinant encore; je me flattais que son carosse serait plein d'*extraits*, point du tout; il n'était rempli que d'*excuses*. Elle avait voulu se charger d'examiner un certain nombre de romans qu'on appelle de marine; mais elle m'avoua franchement que dès les premières pages elle avait eu les pieds et les mains tellement embarrassés dans les cordages, qu'elle avait craint une seconde chute; enfin elle s'était sentie suffoquer par une épouvantable odeur de goudron, le mal de mer l'avait prise: somme toute, elle venait me prier de la dégager de sa parole. Je la lui rendis bien généreusement comme vous pensez. Pour toute autre espèce de romans, elle me dit qu'elle serait à mes ordres; mais je n'ai pas voulu profiter de sa bonne volonté: c'est déjà bien assez de nous l'avoir montrée. En reconnaissant son extrême inutilité, elle m'a fait solennellement promettre qu'elle serait une des premières à connaître l'opinion de la belle comtesse sur tous ces ouvrages nouveaux. Jugez si j'ai pu le lui refuser!...

LETTRE XIII.

A LA MÊME.

Voici bien autre chose, ma chère comtesse; vous m'avez embarquée dans une affaire beaucoup plus pénible que je ne croyais. Figurez-vous la découverte que j'ai faite parmi ces pygmées du Parnasse : un de nos meilleurs amis, un homme adorable, M. de Chateaubriand, est tombé comme les autres dans les erreurs du mauvais goût, lui aussi a fléchi le genou devant Baal, devant les faux Dieux du siècle. Après ces petits mirliflores, vraiment il s'en fallait bien que je m'attendisse à rencontrer tel colosse sur ma route. J'ai été prise au dépourvu comme ce cheval qui, se trouvant au bord d'un antre, voit de l'abîme s'avancer un lion [1]; mais puisque je suis en

[1] Sujet d'une belle gravure anglaise.

sa présence, encore faut-il, vaille que vaille, que je lui arrache un crin ou deux. Il vient d'achever ses Mémoires : des gens qui se disent bien informés prétendent qu'ils porteront le titre d'OUTRE-TOMBE. On les lit, devinez chez qui ?

Il se trouve à Paris une petite Mme Récamier, femme, à ce que je crois, d'un conseiller de la première des enquêtes. Elle a au suprême degré le goût de la célébrité ; mais elle n'est point galante, quoique fort jolie, dit-on. Elle aime à rassembler chez elle des hommes célèbres qui font des lectures, lesquelles ne sont entendues que par les élus. Ce qu'il y a de fâcheux, c'est que quelques coquetteries qu'elle ait faites à Despréaux, Racine et La Bruyère, jamais elle n'a pu les attirer. Ces Messieurs se sont comportés à son égard comme s'ils fussent morts depuis cent ans. Elle a encore un autre goût fort singulier, celui de se passionner pour ceux que le roi réprouve ou tient éloignés de sa personne. Ne s'est-elle pas follement éprise de l'homme mystérieux connu sous le nom de *Masque de fer*. Elle a voulu absolument l'aller visiter dans son donjon ; déjà elle avait un pied sur l'échelle, lorsqu'elle se sentit brusquement saisir la taille par un pêcheur qui la fit poliment redescendre. Un clair de lune romanesque, mais perfide, la trahit. Enfin, ma fille, on lit chez elle les *Mémoires d'Outre-Tombe*. C'est une fureur de les entendre ; mais, comme j'ai dit, ne les entend pas qui veut. Cette femme demeure dans une sorte de couvent, où différentes personnes ont des appartemens, et reçoivent leurs amis. L'autre jour la duchesse de Verneuil me conta qu'en prenant l'air autour de Paris, elle rentra par une rue qu'elle ne connaissait point, et fut toute surprise d'apercevoir plusieurs voitures rangées en file devant la grille d'une maison. Que se passait-il dans un quartier si reculé? Devinez quelles livrées Mme de Verneuil reconnut? Celle des Noailles, des Larochefoucauld, des Montmorency..... Elle voulut d'autorité savoir ce que ces Messieurs faisaient là en plein midi. M. de la Rochefoucauld, le premier interrogé, répondit gaîment qu'il se rendait tous les jours à onze heures chez Mme Récamier pour écouter la lecture des Mémoires de M. de Chateaubriand, et qu'il s'y amusait en bonne compagnie. Vous concevez l'humeur de la duchesse: elle voulut lui soutenir qu'il dérogeait, et le pria de se souvenir de cette maxime de son père : *Que le ridicule déshonore plus que le déshonneur;* mais il était déjà si perverti qu'il ne fût point foudroyé du tout.

Au fond, on ne va là que pour entendre l'histoire de M. de Chateaubriand : il est depuis long-temps attaché au char de cette femme; au surplus, c'est un homme bizarre, tout plein de fantaisies et qui se plaît aux choses extraordinaires. M. de la Rochefoucauld se moqua fort spirituellement de la jalousie secrète de la duchesse, et lui dit en manière de consolation que M. de Chateaubriand avait donné parole à la compagnie qu'après les *Mémoires d'Outre-Tombe*, il ne ferait plus rien lire: dans peu il ne sera plus question de la dame et de son salon.

J'avoue, ma fille, que j'avais grande envie de connaître les mystères de tout ce tripot littéraire; ma peur était qu'on n'en pût rien apprendre ; je croyais que tous les auditeurs avaient reçu l'ordre, ou tout au moins la prière de se taire. Point; et voilà qu'un libraire satisfait à ma juste curiosité. Il m'envoie tout simplement un volume [1] qui raconte dix ou douze fois les mêmes choses, et ce sont les personnages, le salon, le livre, les sentimens de chacun à cette lecture; enfin, tout ce qu'on voulait savoir. Rien n'est plus amusant que ce concert d'éloges, que ces descriptions boursoufflées. Je vous ferai juge de quelques-uns de ces récits curieux à comparer entre eux, et d'abord voyez avec quelle exactitude le jeune Ste-Beuve dépeint M. de Chateaubriand écoutant sa propre histoire : « Le grand poète ne lisait pas lui-« même, il eût craint peut-être en certains momens « les éclats de son cœur et l'émotion de sa voix. » Il est impossible que l'imprimeur n'ait pas fait ici une bévue, *les éclats de son cœur, l'émotion de sa voix*. C'est à coup sûr *l'émotion de son cœur, les éclats de sa voix*. Ma fille, j'appelle cela un méchant habit retourné. Passons. — « Mais si l'on perdait « quelque accent de mystère à ne pas l'entendre, on « le voyait davantage ; on suivait sur ses vastes traits « les reflets de la lecture comme l'ombre voyageuse « des nuages aux cîmes d'une forêt. Les plis de ce « front de vieux nocher, la gravité de la tête du lion, « l'amplitude des tempes triomphales ou rêveuses « ressortaient mieux dans l'immobilité. Tantôt sa

[1] Lectures des Mémoires de M. de Chateaubriand, ou Recueil d'articles publiés sur ces Mémoires avec des Fragmens originaux. Paris, chez Lefèvre.

« main passait et se posait sur les paupières, comme « pour plus de ressemblance avec ces grands aveu- « gles qu'il a peints, et dont la face exprime le repos « dans le génie; il dérobait quelque pleur involon- « taire. Tantôt son œil se rouvrait avec la flamme du « jeune aigle, et ce regard humide et enivré jouait « dans le soleil, dont quelque rayon, à travers le « bleu des franges, le poursuivait obstinément. »

Après ce portrait, je crois qu'il est bon de vous donner celui de l'hôtesse; mais devinez à qui vous le devrez? ... Au jeune Tressan de Lavergne, dont vous connaissez la famille, et qui peut-être a été reçu au château de Grignan. Il s'engoue à faire rire, et paraît avoir la tête tournée de Mme Récamier : n'en dites rien à sa mère. Voici comment il parle d'elle :

« Trouver ainsi dans une femme l'alliance intime « de la grâce, de l'intelligence et de la bonté, des « délicatesses du corps et des suavités de la pensée, « n'est-ce pas réaliser ce que l'imagination a jamais « pu rêver de plus pur, cet idéal de perfection que « le christianisme seul pouvait produire, mais que « l'antiquité avait entrevu? Aimée des poètes, des « grands et du ciel, c'est à la fois Laure, Éléonore « et Béatrix, ces trois sœurs épurées d'Aspasie, dont « Pétrarque, Tasse et le Dante ont immortalisé le « nom ».

Mlle de Scudéry s'est fort récriée, dit-on, contre ce portrait; elle ne peut revenir de son étonnement qu'une petite Madame, qui ne lui va pas à la cheville du pied pour écrire des romans, réunisse chez elle une société de beaux esprits qui se prétend trèschoisie. Elle est enragée que ni elle, ni son frère n'y aient été invités, et va les mettre tous dans un nouveau roman. Il n'aura, je présume, pas moins de dix volumes in-4°, si j'en juge par la fureur de la dame et le mérite des gens. Mais un bruit dont la réalité pourrait finir par être bien plus funeste à Mme Récamier et à sa coterie, c'est qu'on assure tout bas que Molière leur prépare un digne pendant des *Précieuses ridicules*. Je suis persuadée qu'il sera encore mieux inspiré cette fois qu'il ne le fut dans la scène du *Misanthrope* où est le fameux sonnet. Ce qui est certain, c'est que je ne manquerai pas la première représentation, et que je crierai comme le vieillard [1].

A-t-on jamais loué une femme obscure à ce point? Je serais vraiment curieuse de voir une personne qui vaut Laure, Éléonore, Béatrix et même Aspasie. Convenez que nous ne nous doutions guère que Paris renfermât telle merveille.

On a commencé par lire la préface testamentaire du livre en question. Hélas! ma fille, c'est déjà dans cette préface que le grand auteur sacrifie aux idoles. Après avoir parlé de toute sa vie, de ses voyages, de ses ouvrages, il s'exprime ainsi (ici, ma fille, je serais tentée de dire comme le père Bourdaloue: *redoublez d'attention, mon cher auditeur*): « Un an « ou deux de solitude dans un coin de la terre suffi- « raient à l'achèvement de mes *Mémoires;* mais je

[1] A une des premières représentations des *Précieuses ridicules*, un vieillard s'écria du milieu du parterre: Courage, courage, Molière, voilà la bonne comédie!

« n'ai eu de repos que durant les neuf mois où j'ai « dormi la vie dans le sein de ma mère : il est pro- « bable que je ne retrouverai ce repos avant-naître, « que dans les entrailles de notre mère commune « après-mourir ». [1] Et puis il termine par ces mots : « Si j'ai assez souffert dans ce monde pour être dans « l'autre une Ombre heureuse, un peu de lumière « des Champs-Élysées, venant éclairer mon dernier « tableau, servirait à rendre moins saillans les dé- « fauts du peintre : la vie me sied mal; la mort « m'ira peut-être mieux ».

Que dites-vous du repos *avant-naître* et *après-mourir*, de la *vie qui sied mal* et de la *mort qui ira mieux* comme un bonnet à double carillon sur la tête d'une vieille coquette? Conçoit-on de pareilles pauvretés de la part d'un homme qui s'est élevé si haut, d'un homme qui a publié, il n'y a pas long-temps, les *Études historiques*, cet admirable livre que je préfère fort à tous ses autres ouvrages.... Afin que rien ne manque à ces préparatifs de mort, on parle du tombeau à faire à l'auteur qui déjà en décide la forme et le lieu. Il lègue à sa femme, Mme de Chateaubriand et à Mme Récamier, son amie, le manuscrit de ses *Mémoires* que l'on vendra, dit-on, au poids de l'or. Ce procédé est honnête, on ne peut en disconvenir; mais il est certain que si le testateur

[1] Il faut convenir que M. de Chateaubriand a joué de malheur de n'avoir jamais eu un moment à lui, tandis que La Bruyère a dit, parlant des grands fonctionnaires de son siècle : « Il n'y a point de « ministre si occupé, qui ne sache perdre chaque jour deux heures « de temps : cela va loin à la fin d'une longue vie ».

vieillissait outre mesure, on pourrait être ennuyé de voir croître l'herbe sur son legs. Quant à moi, je trouve pénible de mettre aux prises l'amitié avec l'intérêt.

La générosité de M. de Chateaubriand est connue : aussi n'a-t-il pas refusé de donner à quelques-uns des auditeurs, des fragmens de ses *Mémoires* comme s'il avait taillé quelques lambeaux au bord de son manteau royal. Dans l'un de ces morceaux, il s'exprime singulièrement sur le grand Condé : « Ce fut une « dernière victoire du grand Condé en radotage, d'a- « voir, au bord de sa fosse, rencontré Bossuet : l'ora- « teur ranima les eaux muettes de Chantilly ; avec « l'enfance du vieillard, il repétrit son adolescence ; « il rebrunit les cheveux sur le front du vainqueur de « Rocroi, en disant, lui Bossuet, un immortel adieu « à ses cheveux blancs. Hommes qui aimez la gloire, « soignez votre tombeau ; couchez-vous y bien ; tâ- « chez d'y faire bonne figure, car vous y resterez ».

Croirait-on qu'il fût possible que M. de Chateaubriand se permît de pareilles expressions ? On y trouve à la fois *galimatias, imposture* et *prétention* sans bornes. Pour se convaincre du galimatias, on n'a qu'à lire la période citée : pour l'imposture, il suffit de se rappeler cette belle page de l'oraison funèbre de M. de Meaux :

« Avec quelle foi, et combien de fois pria-t-il le « Sauveur des âmes, en baisant la croix, que son « sang répandu pour lui ne le fût pas inutilement ? « C'est ce qui justifie le pécheur ; c'est ce qui soutient « le juste ; c'est ce qui rassure le chrétien. Que dirai-

« je des saintes prières des agonisans, où dans les « efforts que fait l'Église, on entend ses vœux les « plus empressés, et comme les derniers cris par où « cette sainte mère achève de nous enfanter à la vie « céleste ! Il se les fit répéter trois fois, et il trouva « toujours de nouvelles consolations. En remerciant « ses médecins : *Voilà*, dit-il, *maintenant mes vrais « médecins;* il montrait les ecclésiastiques dont il « écoutait les avis, dont il continuait les prières; « les psaumes toujours à la bouche, la confiance « toujours dans le cœur. S'il se plaignit, c'était « seulement d'avoir si peu à souffrir pour expier « ses péchés : sensible jusqu'à la fin à la tendresse « des siens, il ne s'y laissa jamais vaincre; et au « contraire il craignait toujours de trop donner « à la nature. Que dirai-je de ces derniers entretiens « avec le duc d'Enghien? Quelles couleurs assez « vives pourraient vous représenter et la constance « du père, et les extrêmes douleurs du fils? D'abord « le visage en pleurs, avec plus de sanglots que de « paroles, tantôt la bouche collée sur ces mains vic-« torieuses, et maintenant défaillantes, tantôt se « jetant entre ses bras et dans ce sein paternel, il « semble, par tant d'efforts, vouloir retenir ce cher « objet de ses respects et de ses tendresses. Les forces « lui manquent : il tombe à ses pieds. Le prince, « sans s'émouvoir, lui laisse reprendre ses esprits : « puis appelant la duchesse sa belle-fille, qu'il voyait « aussi sans parole et presque sans vie, avec une « tendresse qui n'eut rien de faible, il leur donne « ses derniers ordres, où tout respirait la piété. Il

« les finit en les bénissant avec cette foi et avec ces « vœux que Dieu exauce, et en bénissant avec eux, « ainsi qu'un autre Jacob, chacun de leurs enfans « en particulier, et on vit de part et d'autre tout ce « qu'on affaiblit en le répétant ».

Et voilà l'homme accusé de *radotage*.... et cela par un auteur tel que M. de Chateaubriand! Plaise à Dieu de nous faire radoter ainsi! Ne semble-t-il pas que l'on entend les trois jeunes hommes de la fable s'écrier d'un ton suffisant :

Assurément il *radotait*.....

Au reste, je suis persuadée que l'auteur n'a point voulu insulter à la mémoire d'un homme peint par M. de Meaux avec cette grandeur, cette sublimité à nulle autre semblable : il a voulu seulement *faire effet*, et c'est là un troisième chef d'accusation, c'est là ce que j'appelle avoir et montrer des prétentions sans bornes. Que veulent dire, je vous prie, ces cheveux *rebrunis* à côté des cheveux blancs de Bossuet : vous souvient-il de cet admirable passage? « Au lieu de déplorer la mort des autres, grand « prince, dorénavant je veux apprendre de vous à « rendre la mienne sainte! heureux si, averti par ces « cheveux blancs du compte que je dois rendre de « mon administration, je réserve au troupeau que « je dois nourrir de la parole de vie, les restes d'une « voix qui tombe, et d'une ardeur qui s'éteint ».

Et puis, ma chère enfant, ces conseils de *soigner son tombeau*, de *s'y bien coucher*, d'y *faire bonne figure*, n'est-ce pas encore *la mort qui siéra mieux que la vie*, c'est, en un mot, un étrange besoin de se faire admirer, même quand on n'y sera plus. Certes le grand Condé et Bossuet donnent d'autres avis aux grands hommes qui s'approchent de leur fin. « Son ombre, dit M. de Meaux, nous avertit que « pour trouver à la mort quelque reste de nos tra- « vaux, et n'arriver pas sans ressource à notre éter- « nelle demeure, avec le roi de la terre il faut encore « servir le roi du ciel. Servez donc ce roi immortel « et si plein de miséricorde, qui vous comptera un « soupir et un verre d'eau donné en son nom plus « que tous les autres ne feront jamais tout votre « sang répandu; et commencez à compter le temps « de vos utiles services, du jour que vous vous serez « donnés à un maître si bienfaisant ». Ma fille, qu'il est bon d'être exhorté de la sorte, et peut-on rien de plus beau que de telles pensées et un tel langage !

Mais je songe là que peut-être je fais tort à M. de Chateaubriand en supposant qu'il ait voulu donner de bonne foi un conseil positif aux hommes qui recherchent la gloire quand il leur dit : « Hommes qui « aimez la gloire, soignez votre tombeau; couchez- « vous y bien; tâchez d'y faire bonne figure, car « vous y resterez ». Son intention ne serait-elle pas ironique? Par ce conseil, ne voudrait-il pas anéantir, mieux que ne le fait M. de Meaux, les fausses grandeurs de la terre? Ce serait vraiment meilleur encore, et tellement meilleur, qu'on n'ose le supposer : j'en reviens donc à ma première idée : c'est tout simplement un conseil de toilette.

Revenons aux *Mémoires,* et ne disons plus de mal de leur auteur; son mérite est prouvé comme la clarté du soleil; mais comme cet astre, il a des taches visibles pour les yeux mortels, il vaut mieux rire un peu aux dépens de ses admirateurs.

Deux dames, dont l'une fait des vers et l'autre de la prose, ont aussi fourni leur part d'éloges. L'une (la fermière-générale Dupin) a fait l'un des meilleurs morceaux du livre; aussi je ne vous en cite rien; l'autre, Mme Tastu, saisit sa lyre et chante sur ce ton :

Oh! que j'admire encor, quand la reine et la mère
De nos muses, essaim de sa ruche envolé,
Par la terre et les cieux suit la belle chimère
Du pas des dieux d'Homère
Qu'elle a seule égalé.
Alors mes mains encor se joignent, et ma tête
S'incline pour saisir jusques aux moindres sons,
Et mon genou se ploie à demi, quand je prête,
Enchantée et muette,
L'oreille à vos leçons!

Cette muse *Reine et mère* ou *Reine mère* n'est-elle pas plaisante? Nous en avons ri aux larmes : elle court *par la terre et les cieux, du pas des dieux d'Homère.* Si vous la voyez passer, ouvrez votre fenêtre, peut-être viendra-t-elle chez vous.

LETTRE XIV.

A LA MÊME.

Pour me distraire un moment de tout le fatras littéraire auquel je ne me livre que pour vous faire plaisir et à quoi je suis si peu propre, écoutez les détails charmans que vient de me mander Mme de Coulanges sur le bonhomme Le Nôtre : je veux vous les redire tout chauds, quoique apparemment vos beaux-frères vous en diront un mot.

Dimanche, Le Nôtre prit courage et fut à Marly : il y avait long-temps qu'il n'y avait été ; vous savez, il a résigné son emploi, et c'est présentement Mansard qui fait office d'architecte et remplit les fonctions d'ordonnateur des jardins. Le Nôtre trouva le roi qui allait monter dans sa chaise couverte : aussitôt que Sa Majesté l'aperçut, elle le fit sortir de la foule, et ordonna d'amener une seconde chaise, disant qu'il voulait lui faire les honneurs de sa nouvelle plantation. Les voilà donc cheminant ensemble, non pas comme le pot de terre et le pot de fer, mais comme deux vases d'élection, dont l'un est sans prix. Le vieillard voyant près de là Mansard, à qui S. M. daignait aussi adresser quelques paroles affectueuses, s'écria : « *Sire, en vérité mon bonhomme de père ouvrirait de grands yeux s'il me voyait dans un char auprès du plus grand roi de la terre; il faut avouer que Votre Majesté traite bien son* MAÇON *et son* JARDINIER ». Cela partait du cœur et ne déplut point, et peu s'en faut que le bonhomme, dans l'excès de son zèle et de son amour pour le roi, ne se lançât hors de sa chaise, et ne jetât ses deux bras autour du col de son maître. Vous savez qu'à Rome, dans le plus beau transport du monde, il a une fois embrassé le Pape, uniquement parce qu'il louait le roi, et il a généralement l'habitude d'embrasser tous ceux qui publient les louanges de S. M. Jugez, d'après cela, s'il doit avoir la bouche fatiguée !

Je reprends l'affaire que vous m'avez recommandée : rentrons dans le salon de Mme Récamier. Ce qu'il y a de curieux dans ce ramassis de louanges, c'est que l'un des auteurs à la mode qui ne fut point invité aux fameuses lectures, M. Jules Janin, a fait un article charmant d'après ce qu'on lui a raconté : on dirait qu'il valait mieux ne pas être au nombre des élus, la contagion était moins forte. Son style est clair, ses phrases courtes et bien tournées; c'est de tous ses compagnons d'œuvre celui qui s'éloigne le moins de nos grands modèles : il sait ce qu'ils valent.

Certes, il est amusant, quand on a lu son chapitre entremêlé de fort belles citations des *Mémoires*, de parcourir celui du sieur Quinet. Voici comment il parle de l'arrivée d'une Anglaise qui vint chez M. de Chateaubriand pendant son second voyage à Londres : lors du premier il paraît que l'auteur des *Mémoires* l'avait trouvée à son gré ; il s'était cassé la jambe ; on l'avait soigné, il lisait le Dante et Pétrarque avec cette fille : « Et puis ce mot qui éclate tout-« à-coup dans cette maison paisible, comme un ton-« nerre : *Madame, je suis marié !* Et puis ce long si-« lence, et puis ces vingt ans écoulés sans nouvelles, « et puis après cela cette dame tout en noir, avec ses « deux enfans aussi en noir, et puis ces éternels « *vous en souvenez-vous?* qui reviennent et revien-« nent toujours, et vous creusent le cœur comme « une larme qui tombe de haut et de loin. Ah! c'est « à s'en désespérer et à ne s'en jamais guérir.

« C'est une de ces courtes histoires où l'on met « dans une heure tout son génie si l'on en a. L'écri-« vain disparaît, l'homme reste ; les mots ne sont « plus des mots ; ils ont des aiguillons, et leurs poi-« sons se trempent dans votre souvenir. Prenez « garde que vous ne marchez plus ici sur des fables. « Tout ici a des larmes pour pleurer : le seuil, la « porte, la mère, la fille et le bord du chemin de « Londres qui ne ramènera plus son voyageur. Vous « voilà descendu au dernier fond de la vie réelle ;

« tendez votre main, que son serpent vous morde à « votre tour.

La mère, la fille, le seuil, la porte, le chemin qui pleurent à qui mieux mieux, ma fille, aurait-on cru qu'on pût atteindre à cette hauteur de folie, car notez que ceci est de bonne foi pour dire quelque chose d'attendrissant et de sensé.

Ah ! je connais bien aussi une mère qui pleure, mais assurément le seuil, la porte et le chemin ne pleurent guère. C'est cette pauvre Anglaise qui a pleuré, et comment ! « M. de Chateaubriand devait voir jus-« qu'au fond dans le cœur et la passion d'une femme, « et y puiser ces larmes que le génie n'invente pas. « Charlotte vient d'en pleurer assez, Dieu merci ! « de ces larmes divines pour en tremper toute la vie « sa plume, et pour remplir, s'il veut, sans y laisser « ni blanc, ni marge, son livre jusqu'à la dernière « page ». Aimeriez-vous à lire un livre fait ainsi ; il me semble le sentir tout humide sous mes doigts.

Vous vous rappelez ce roman d'*Atala* qui fit tant de bruit, où nous trouvâmes de si véritables beautés et de si singulières bizarreries. Eh bien ! on ne cesse d'en parler dans le cercle de ces beaux esprits. C'est encore M. Quinet qu'il faut entendre sur ce sujet :

« Sans doute Atala n'était pas la seule de sa famille qui errait dans les forêts quand Chateaubriand l'a rencontrée. J'imagine qu'elle avait maintes sœurs inconnues, auxquelles il ne manque à présent encore que leur poète. Certainement il y en a d'immortelles qui chevauchent à cette heure avec les Gauchos dans les Pampas du sud, et dont on saura l'histoire plus tard. Il y en a de ces âmes en peine qui pleurent toutes nues dans les *lianes*, au bord de l'Océan, et qui regardent depuis l'éternité s'il ne viendra pas, le vaisseau qui leur doit apporter le lin et le fil pour les habiller de gloire. Il y en a de ces fantômes d'art qui attendent, comme Virginie, au bord des rivières, que leur Paul les prenne dans ses bras, avec leurs robes brumeuses, et qu'il les porte de l'autre côté, toutes palpitantes d'aise, sur l'herbe et sur les mousses. Il y en a d'autres qui montent et descendent le long des Andes, dans une insupportable angoisse, et qui psalmodient là d'éternelles chansons d'amour, dans le vent et la bruyère, en cherchant à travers l'immensité celui qui doit venir un jour leur donner un nom et une langue humaine. »

Je crains en vérité de *filer* trop long-temps pour vous, chère belle, je ne voudrais pas vous habiller d'*ennui*, et je crois qu'il est temps d'en finir; mais il faut que vous subissiez encore ce que dit M. de Lavergne à propos de l'influence que M. de Chateaubriand a exercée sur la jeunesse lettrée. « Pour nous « surtout, jeunes gens qui ne l'avons connu que « dans toute la majesté de sa renommée, il est passé « des ombres de la terre aux splendeurs du ciel, sans « traverser l'apothéose de la mort. Conquérant pai- « sible de l'imagination, il entrait enfin en posses- « sion d'une souveraineté incontestée, quand nous « sommes venus au monde intellectuel, et il ne s'est « révélé à nous que comme Dieu à l'homme, en nous « créant à son image par la parole, en nous pétris- « sant à sa volonté ainsi qu'une argile obéissante, en

« nous animant d'un souffle surnaturel qui nous ins- « pirait ses croyances, ses idées et ses sentimens ».

Je vous le disais, ce jeune homme est passionné au point d'en devenir impie. Certes je ne voudrais pas l'avoir pour fils, je ne le troquerais pas contre Sévigné. Vous pensez bien qu'un tel excès d'admiration tue à moitié les gens; aussi les auditeurs n'en pouvaient plus : « des frémissemens d'enthousiasme « parcouraient seuls, de moment en moment, l'as- « semblée attentive et muette, des paroles entrecou- « pées essayaient d'exprimer l'admiration qui op- « pressait tous les esprits. Heureuse pour nous au- « tant que pour elle-même, l'amie de Corinne et de « René souriait à ces triomphes du génie qu'elle « avait préparés; puis, tempérant la grandeur par la « grâce, si elle voyait un de nous, « accablé de « tant de puissance, succomber à l'énergie de ses « émotions, elle lui montrait du doigt un siége au- « près d'elle, et relevait par des mots de femme, « cette imagination vaincue dans sa lutte avec « l'ange du Seigneur ».

Ma fille, je vous laisse sur *cette lutte avec l'ange du Seigneur*, en vérité on ne peut rire de si odieuses applications des Saintes-Écritures, cela va trop loin.

LETTRE XV.

A LA MÊME.

Figurez-vous, ma très-chère enfant, ce que je viens d'apprendre, qui ne vous surprendra point, et que j'avais quasiment prévu. Le bruit de ces réunions et de ces lectures est parvenu jusqu'à Mme de Maintenon : elle a été fort peu édifiée des louanges excessives prodiguées à M. de Chateaubriand, qui ont toute la forme d'une véritable profanation. D'ailleurs depuis long-temps on lui en voulait avec raison : les familiarités sur la Trinité dans le livre des Martyrs avaient extrêmement scandalisé. La goutte de trop, ce fut la phrase où l'on dit que M. de Chateaubriand *ne s'est révélé aux jeunes écrivains que comme Dieu à l'homme, en les créant à son image par la parole*. N'est-ce pas là en effet un blasphème ?

On m'a assuré que la favorite en avait trois fois mordu sa lèvre inférieure, ce qui, comme on sait, est mauvais signe. Elle fit prier le roi de passer chez elle de meilleure heure que de coutume : on vit sortir Sa Majesté de chez Mme de Maintenon d'un air préoccupé et mécontent : il y a eu des allées, des venues; on croit savoir pour certain que des lettres de cachet ont été signées : somme toute, je ne serais nullement surprise que cette brillante société, sauf les Noailles, les Larochefoucauld, les Montmorency (qu'on saura bien faire échapper), ne fût coffrée, et qu'on n'apprît demain matin que le tout est à la Bastille.

NOTES.

NOTE 1re.

..... J'ai été voir M. de Ste-Beuve (page 11).

Ste-Beuve (Jaques de), célèbre casuiste, naquit à Paris en 1613. Après avoir achevé ses cours en Sorbonne, il soutint une *expectative* si brillante, qu'elle lui valut une dispense d'âge pour le grade de bachelier. En licence, il soutint avec éclat toutes les thèses qui étaient d'usage, et fut reçu docteur en 1638. L'assemblée du clergé qui se tint à Mantes, en 1641, le choisit, tout jeune qu'il était, pour un des docteurs qu'elle chargea de composer une théologie morale. S'adonnant en même temps à la prédication, il prêcha dans la cathédrale de Rouen, d'une manière distinguée. En 1643, une des chaires royales de théologie ayant vaqué en Sorbonne, il en fut pourvu, quoiqu'il n'eût que trente ans. Pendant onze ans ses leçons publiques furent suivies par un grand nombre d'auditeurs, et lui acquirent de la célébrité. Il était en liaison avec ce que l'école de Port-Royal renfermait d'hommes les plus méritans, les Arnaud, Nicole, Pascal. Ayant résigné sa place de professeur de Sorbonne, il vécut dans Paris aussi retiré que s'il eût été dans un désert, partageant son temps entre la prière et la direction des consciences, ou livré à d'utiles travaux. Il avait ouvert chez lui une sorte de *cabinet de consultations*, auquel pouvait s'adresser quiconque en avait besoin. On y affluait de toutes parts. Des évêques, des chapitres, des communautés religieuses, des magistrats, les personnages les plus distingués, des princes mêmes y avaient recours, ce qui lui a fait appliquer par les biographes, ce que disait Cicéron d'un fameux jurisconsulte de son temps : « Qu'il était l'oracle, non-seulement de toute une ville, mais même de tout un royaume ». Son frère, connu sous le nom de Prieur de Ste-Beuve, publia un Recueil de ses décisions à Paris en 1689. Elles offrent un des répertoires les plus complets et les plus utiles que l'on connaisse en ce genre. Les matières y sont tellement variées, qu'il n'est presque aucun sujet qui ne s'y rattache; et quelque chose qu'on ait à y chercher, on y trouve plus ou moins à se satisfaire. Les cas les plus importans, les questions les plus délicates y sont traitées avec tant de sagesse et de prudence, avec une telle droiture de jugement, qu'on ne peut s'empêcher d'y donner son assentiment. L'auteur embrasse tout ce qui a rapport à la religion et à la morale. Il existait, dans la bibliothèque de la Sorbonne, plusieurs ouvrages de Ste-Beuve, restés manuscrits. Dans tous brillaient l'érudition, une discussion sage, une critique judicieuse et éclairée.

(*Biogr. Univers.*)

NOTE 2me.

..... M. de Balzac (de l'Académie) (page 18).

« Balzac (Jean-Louis Guez, seigneur de), membre de l'Académie française, naquit à Angoulême en 1594, et mourut dans une terre qu'il possédait sur les bords de la Charente en 16.. Employé d'abord à Rome, pendant deux ans, en qualité d'agent du cardinal de Lavalette, il vint ensuite se fixer à Paris, où il ne tarda pas à se faire connaître et à mériter par ses talens la bienveillance du cardinal de Richelieu, qui lui fit accorder une pension de 2,000 francs avec le brevet de conseiller d'état. Ce fut dans cette capitale que Balzac composa une grande partie de ses ouvrages. Le legs de 12,000 fr. fait à l'hopital d'Angoulême, où il fut enterré, et le don de 2,000 fr.

pour l'établissement d'un prix d'éloquence pour l'Académie française, prouvent qu'à l'époque où vivait Balzac, les gens de lettres ne se bornaient pas à se montrer généreux et bienfaisans dans leurs livres. En général, Balzac est plus connu dans le monde par le recueil de ses lettres, dont les Elzévirs ont donné plusieurs éditions, que par ses autres ouvrages. Cependant ce n'est pas le seul titre qu'on puisse invoquer en sa faveur. Indépendamment de ses *Lettres* et de ses *Dissertations littéraires*, Balzac a publié, à des époques différentes, plusieurs traités. Il fut du petit nombre de ces écrivains qui jouirent de leur vivant de la plus grande célébrité; on ne peut lui refuser l'inappréciable avantage d'avoir, le premier, donné à la prose française une précision, une élégance, une correction qu'on ne rencontre guère dans les ouvrages du siècle où il a vécu. Balzac connaissait les anciens. Il avait de l'oreille et du goût; il se servit heureusement de ses dons naturels et acquis pour perfectionner un idiôme qui, avant lui, était sans grâces et sans énergie. En général, on n'a point assez remarqué que, tandis que des écrivains de son temps et même postérieurs ne font soupçonner dans leurs ouvrages aucune intelligence des formes ni des règles de l'éloquence, le style de Balzac, au contraire, a, sous plusieurs rapports, une grande affinité avec celui des écrivains du grand siècle.

(*Biogr. Univers.*)

NOTE 3me.

.... Samuel Bernard (Voir page 37).

Samuel Bernard (le Rotschild du 17me siècle) donna sa fille unique en mariage au marquis de Boulainvilliers qui, à son tour, donna la sienne au duc de Cossé Brissac, pair de France. M. Necker, ministre des finances sous Louis XVI, donna sa fille unique au baron de Staël-Holstein : celui-ci étant mort, sa veuve disposa de la main de sa fille unique en faveur du duc de Broglie, pair de France. Ainsi, deux petites-filles de financiers devinrent duchesses.

(*Consulter au sujet de Samuel Bernard son article dans la Biogr. Univers.*)

NOTE 4me.

..... La vieille duchesse d'Estrées (page 61).

La mort de la duchesse d'Estrées et de son fils est une allusion à un fait réel. Mme la baronne de Montolieu mourut à Lausanne le 29 déc. 1832, quelques heures avant son fils unique, M. Henri de Crousaz, issu d'un premier mariage. La célébrité attachée au nom de l'auteur de *Caroline*, ajoute à l'intérêt d'une mort aussi frappante que celle d'une mère et de son seul enfant vivant sous le même toit, et appelés presque au même instant à paraître devant Dieu. Ce qui rend ce double trépas singulièrement remarquable, c'est la parfaite intimité qui régna constamment entre ces deux personnes; jamais liaison de cette nature ne fut plus complète, plus soutenue; les deux vies qui devaient se terminer en même temps étaient entremêlées l'une à l'autre, et toutes deux furent embellies par les plus pures jouissances de l'amour maternel et de l'amour filial. Mme de Montolieu survécut à l'affaiblissement de toutes ses facultés; ses dernières années, à la suite d'une violente attaque de paralysie, se passèrent dans une langueur morale qui ne laissait un peu de vie et de chaleur qu'au fond d'un cœur animé de la sensibilité la plus vraie, la plus active, jusqu'au jour où la souffrance physique venant à la diminuer, il ne lui resta de mémoire que pour les souvenirs de son enfance et de sa jeunesse, d'intérêt que pour ses plus chers amis. Pendant cette époque de sa vie, la tendresse filiale de M. de Crousaz devint ingénieuse à donner encore quelques jouissances de cœur à sa mère. Il lui répétait souvent les anciennes histoires dont elle se souvenait encore, continuait un récit commencé par elle, ou chantait à demi-voix quelque air que Mme de Montolieu avait aimé, et qu'elle-même lui avait appris.

L'intéressante malade semblait alors goûter encore les plaisirs maternels dont elle a si long-temps, si vivement joui. Lorsqu'elle approcha de sa fin, M. de Crousaz, retenu dans son appartement par ses maux, suivit avec la plus tendre sollicitude les progrès de l'agonie dont il ne pouvait être le pieux témoin. Il devina que tout était fini, et cette pensée dut adoucir l'effort qui lui restait à faire pour quitter sa femme et ses enfans.

Le dernier signe de vie que donna Mme de Montolieu mérite d'être conservé.

A travers une extrême difficulté de parler et sa faiblesse mentale, elle n'avait point perdu le besoin des consolations religieuses. Elle aimait qu'on priât près de son lit et qu'on lui lût la Bible, sans être en état de suivre tout ce qu'elle entendait. Peu de momens avant sa mort, sa sœur Mlle de B. lui lut le psaume CXXX qui se termine par ces mots :

De toutes nos offenses
Il nous rachètera :
De toutes nos souffrances
Il nous délivrera.

On croyait que la malade avait perdu tout sentiment; mais elle souleva ses mains si long-temps immobiles, et s'écria distinctement en les levant vers le ciel : *Il nous délivrera.* Mme de Montolieu mourut âgée de 81 ans, M. de Crousaz, de 62. Le fils fut enseveli aux pieds de sa mère; une même pierre sépulcrale recouvrit leur dépouille mortelle. On y lit ces mots tirés de l'Ecriture-Sainte :

Me voici, Seigneur, avec le fils que tu m'as donné.

www.ingramcontent.com/pod-product-compliance
Ingram Content Group UK Ltd.
Pitfield, Milton Keynes, MK11 3LW, UK
UKHW021108260726
13994UKWH00002B/781

9 782329 442808